W0325661

Caroline Sers

Aux Fantastiques

CALMANN LEVY

CALMANN LÉVY
ÉDITEUR DEPUIS 1836

© Calmann-Lévy, 2024

COUVERTURE
Conception graphique : Dorian Danielsen
Photographie : © Image Source/ Getty Images

ISBN 978-2-7021-8981-8

À Victor.

En tournant vivement la tête au son d'une porte claquée dans la cuisine, Fabien sentit la douleur du torticolis le reprendre. Il passa une main sur son cou dans un geste réflexe et massa sa nuque rasée presque à blanc. Sa mère avait sorti la tondeuse cet après-midi et, pour la première fois, il n'avait pas été le seul à voir ses mèches tomber au sol. Jérôme, son petit frère, fêtait ses sept ans. L'âge de raison.

Le cadet avait pleuré en découvrant sa nouvelle tête. Avec ses oreilles comme des oriflammes, son cou gracile et ses grands yeux, il ferait une cible idéale à l'école. Jusque-là il avait bénéficié du statut protégé de « petit CP », avec un espace dédié dans la cour et l'attention des adultes, mais depuis cette rentrée il lui fallait faire face à la grande jungle du primaire. Fabien soupira. Il attaquait, lui, sa dernière année avant le collège, il ne lui restait que peu de temps pour apprendre à Jérôme les règles non écrites de l'école.

Sa mère arriva avec le gâteau. Une charlotte aux framboises, comme l'avait demandé Jérôme. C'était la dernière année où il pouvait formuler un tel souhait. Ensuite, on ne fêterait plus sa naissance. Leur père trouvait que c'était bon pour les bébés et qu'une fois arrivé à sept ans on était trop grand pour ça. Jérôme la talonnait, les yeux rouges. Une larme perlait encore au coin de sa paupière et Fabien retint son souffle. Si leur père voyait ça…

Le benjamin, sur sa chaise d'enfant, battit des mains en apercevant le dessert puis s'arrêta net lorsque la grosse voix de leur père s'éleva.

« Tu vas cesser de te comporter comme une chiffe molle ! Sors des jupes de ta mère ! »

Leur mère se figea, stoppée dans la chanson d'anniversaire qu'elle commençait à entonner, et Jérôme se rapprocha un peu plus d'elle. Quand on les voyait serrés ainsi l'un contre l'autre, leur ressemblance sautait aux yeux. Même visage au menton fin, mêmes cheveux blonds. Ils affichaient maintenant une expression craintive similaire, tête légèrement enfoncée dans les épaules, regard par en dessous. Exactement de quoi déclencher la fureur du père. Fabien ressentit physiquement la colère de celui-ci monter. Il se retint de respirer pour se fondre dans le décor. Son père déplia lentement son mètre quatre-vingt-dix, ses deux mains à plat sur la table. Il ne quittait pas Jérôme du regard. Sa mère avança et glissa le plat devant elle. Elle lança un timide « Qui en veut ? » auquel personne ne répondit. Il était trop tard pour changer le cours des choses.

Fabien l'avait tant de fois subie, cette scène, qu'il observa la suite des événements dans une sorte de distance. Bien qu'en étant spectateur pour la première fois, il eut l'impression de sentir les doigts de son père agripper son propre bras en le voyant empoigner Jérôme. Celui-ci n'opposa aucune résistance lorsque son père le tracta hors de la salle à manger. Ils s'enfoncèrent dans le couloir menant aux chambres. Sa mère se laissa tomber sur sa chaise, les yeux fixés sur le gâteau. Le petit dernier en réclama une part, d'abord enjoué puis en couinant, semblant ne pas saisir ce qui était en train de se jouer au fond de l'appartement. Il était encore à l'âge des câlins. Leur père le prenait sur ses épaules pour les promenades et le chatouillait pour le faire rire.

Jérôme revint le visage barbouillé de morve et leur mère lui tendit un mouchoir sans rien dire. Fabien l'aida à s'essuyer. Quand leur père entrerait dans la pièce, tout devrait être normal. Jérôme ne pleurait plus. Il avait le regard fixe, la tête baissée. Un bleu était en train de se former sur son bras, là où leur père l'avait saisi. Il lui faudrait mettre des manches longues, demain.

« Relève la tête ! Si tu arrives comme ça, ils n'auront qu'une idée, se moquer de toi. Il faut que tu aies l'air content, tu comprends ? Cette coupe de cheveux, tu l'espérais depuis des mois.

— Mais non, couina Jérôme. Je la déteste ! »

Fabien s'arrêta avant de passer l'angle de la rue et poussa son petit frère dans une encoignure de porte pour échapper aux regards.

« Écoute-moi bien : même si tu n'aimes pas cette coiffure, fais semblant ! S'ils sentent que tu es mal dans ta peau, ils vont en profiter. Si tu fais admirer à tout le monde ta nouvelle tête, ça leur coupera l'herbe sous le pied... »

Le petit hocha la tête, le menton tremblant. Fabien le prit par les épaules avant de conclure :

« Crois-moi, je suis passé par là. Pour la première récré, ne t'éloigne pas trop de nous. Mais garde quand même tes distances, hein ! »

Jérôme déglutit lentement et hocha une nouvelle fois la tête, avant de redresser ses épaules. Une fois tourné le coin de la rue, ils s'éloignèrent un peu, Fabien se plaçant à trois pas de son frère. Les copains étaient déjà en train de franchir la porte.

La petite rue où se trouvait le groupe scolaire comptait plusieurs restaurants, et un marchand de bonbons dont la boutique minuscule s'emplissait dès la sortie des classes. Le matin, les écoliers ne s'y arrêtaient généralement pas. Fabien fit exception : il acheta un paquet de car-en-sac.

« Tiens. Bon anniversaire », glissa-t-il à son frère avant de lui mettre les friandises dans la poche.

Jérôme lui adressa un grand sourire. Il pouvait affronter la cour de récré, maintenant.

Pour accéder à la cour, il fallait passer par un premier préau, celui où ils déjeuneraient tout à l'heure. Le sol était en carrelage aux couleurs ternes, les murs d'un beige vieillot et deux rangées de trois poteaux le scandaient. Une porte vitrée, à l'autre extrémité, débouchait sur l'extérieur. On traversait d'abord la partie de cour réservée aux plus jeunes avant d'arriver enfin chez les grands. Quelques marronniers entourés de grilles de métal perdaient leurs feuilles.

Fabien jeta un coup d'œil machinal aux fenêtres de la résidence étudiante qui surplombait la cour, à droite. Les carabins, farceurs, jetaient parfois de l'eau ou de la farine sur les enfants, il valait mieux de pas s'approcher du mur de trop près. Au fond de la cour, le deuxième bâtiment, qui abritait les classes de huitième et de septième, comportait un autre préau, ouvert aux quatre vents celui-là. Les jours de pluie, les enfants s'y tassaient pour rester à l'abri.

Sophie, Valentin et Antoine l'attendaient déjà près de la grille de la cour de la maternelle. C'était le coin le plus éloigné des surveillants, ce qui non seulement leur conférait un sentiment de sécurité quand ils gloussaient, mais surtout affermissait leur statut de grands. Fabien les salua et Antoine lui tendit un rouleau de réglisse. C'était son tour de fournir les autres.

« Merci. »

Antoine secoua ses boucles brunes pour dégager son front et se dandina d'un pied sur l'autre.

« Je ne pourrai pas venir, ce soir. Ma mère veut que je rentre tout de suite après l'école, lâcha-t-il finalement. Je vais voir si je peux ressortir, mais c'est vraiment pas sûr.

— Pff, justement ce soir ? Pas de chance ! soupira Valentin. On allait enfin être tous les quatre. »

Sophie surenchérit tandis que Fabien, voyant les épaules de son ami s'affaisser, lui posa une main sur le bras pour le réconforter.

« On le fera après-demain, et puis c'est tout. Jeudi tu pourras, hein ?

— Oui, sûrement… Je suis désolé, mais vous connaissez ma mère. Quand elle a décidé d'un truc… J'ai insisté, mais elle s'est mise en colère. »

Ils soupirèrent à l'unisson. Quand les parents commençaient à s'énerver, on ne pouvait pas lutter.

Antoine vivait seul avec sa mère, dans un studio sous les toits dont il avait l'impression que la surface s'amenuisait à mesure qu'il grandissait. Mais pas question de déménager. « Si tu crois que j'ai les moyens ! » s'était exclamée sa mère un jour où il l'avait suggéré. Il le savait, pourtant, que réclamer était la plus mauvaise idée qui soit. Sa mère ne manquait pas une occasion de lui faire remarquer qu'elle travaillait comme une folle pour les nourrir tous les deux, qu'elle ne prenait jamais de vacances – ça, Antoine le savait – et qu'il devrait plutôt se demander comment l'aider au lieu de se plaindre. En tant que journaliste indépendante et attachée de presse, elle n'était pas souvent à la maison, alors, quand elle avait un moment de liberté, elle exigeait que son fils le passe avec elle. Il pouvait le comprendre. Ce qu'il regrettait, c'était qu'elle n'organisait rien pour autant. Pas de sortie, pas de balade, même pas de jeu de société. Il lui fallait être là, voilà tout. Sans faire trop de bruit. Sa mère aimait bien le voir un livre à la main. Elle lui racontait ses démêlés avec ses clients – dont il ne saisissait pas toutes les subtilités – et lui apprenait à lui masser les épaules. La perspective de la soirée qui l'attendait l'accabla.

« On le fera jeudi, trancha Sophie. Ça sera aussi bien », ajouta-t-elle en posant sa main sur l'épaule d'Antoine.

La mine décomposée de son ami lui était pénible. Elle n'avait de cesse de trouver une solution, une façon de rasséréner son interlocuteur. Face à la mère d'Antoine, la tâche était ardue. Sophie ne savait pas sur quel pied danser avec elle, qui pouvait être parfois tellement drôle et farfelue, et la fois suivante cassante sans raison.

Antoine prétendait que c'était à cause de son travail, de ses commanditaires qui la traitaient mal, de la pression financière parce qu'elle n'avait pas de revenus fixes garantis. Tout ce qu'elle savait, elle, c'était que son ami cachait sa tristesse derrière ses cheveux bouclés trop longs, son léger embonpoint et un sourire constant, souvent figé.

La sonnerie les interrompit. Une fois en rang, ils montèrent vers leur salle de classe en silence. Leur institutrice ne plaisantait pas avec la discipline et le faisait savoir aux enfants avec énergie – le message était vite intégré. Il régnait dans le rang un silence pesant à mesure qu'ils montaient les marches. Mme Benjamin avait sa tête des mauvais jours, mâchoires crispées et regard suspicieux. Dans ces moments-là, elle traquait la moindre erreur, le moindre faux pas pour fondre sur l'élève sans pitié.

Fabien, Antoine, Sophie et Valentin étaient chacun à une extrémité de l'U que formaient les pupitres. Mme Benjamin avait vite repéré leur connivence et avait mis bon ordre à une situation qu'elle jugeait propice à la dissipation. Ils prirent place dans le fracas des chaises traînées, ce qui leur valut une remontrance, et la leçon de grammaire commença. Fabien pencha la tête sur son cahier, décidé à ne pas se laisser distraire par la fenêtre qui lui faisait face. S'il n'y prenait garde, il pouvait se perdre dans la contemplation des moineaux qui, inlassablement, décollaient d'un toit pour en rejoindre un autre, se posaient brièvement au sol pour picorer puis repartaient. Il distinguait aussi l'instituteur des CP, dans l'autre bâtiment, M. Taillon, qu'il aurait tellement aimé avoir… M. Taillon suivait ses élèves pendant les cinq classes du primaire et avait la réputation d'être passionnant, original, gentil – tout le contraire de Mme Benjamin. Mais Fabien était entré à l'école un an trop tard pour avoir une chance de tomber sur lui. Et maintenant, M. Taillon avait recommencé son cycle avec les petits.

« Fabien ! Tu veux être privé de récréation ? »

Il sursauta et sentit les regards de ses camarades posés sur lui. Se redressant dans un réflexe, il pencha vivement la tête vers son cahier pour adopter la posture de l'écolier modèle. Mais il en fallait plus à Mme Benjamin pour se calmer. Elle se posta dans son dos et continua ses explications sur l'accord du participe passé. Fabien, sentant sa présence comme une ombre malveillante planant sur lui, serra plus fort son stylo. Malgré lui, les lettres qu'il traçait prenaient des formes étranges. Elle allait le voir ! Le supplice dura quelques minutes, puis Mme Benjamin reprit sa marche pour aller se poster derrière son bureau. Plutôt que de le placer au centre de la classe, devant le tableau, elle avait choisi de l'installer près des fenêtres, en face de la porte d'entrée. Ainsi quand un élève était interrogé et prenait place devant ses camarades pouvait-elle l'observer à loisir. Son profil d'aigle se découpait sur le mur blanc, regard perçant accentué par des sourcils froncés, mâchoires serrées. Tout son corps, mince et musclé, semblait tendu vers l'enfant tantôt bredouillant, tantôt volubile, traquant la moindre faute, le moindre oubli.

« Bon, nous allons voir si vous avez enfin compris les règles d'accord. Prenez une feuille… »

La dictée commença et, très vite, Fabien se sentit perdu. Les règles se bousculaient dans sa tête mais il ne parvenait pas, dans sa panique, à faire cesser ce tourbillon pour choisir la bonne. Ce qu'il pensait avoir saisi lui échappait subitement. Il ratura plusieurs mots, prit une nouvelle feuille en se dépêchant pour rattraper son retard, mais Mme Benjamin dictait les phrases avec la régularité d'un métronome, sans pauses, indifférente à la fébrilité qui gagnait certains des enfants. Au moment de rendre sa copie, Fabien contempla avec désespoir la feuille de nouveau raturée, et auréolée d'une magnifique tache d'encre – son stylo avait fui. Mme Benjamin s'en saisit en la pinçant entre le pouce et l'index avant de la montrer à la classe.

« Eh bien voilà un travail propre ! Bravo Fabien. Encore une fois tu montres tes talents…

— Je suis désolé, mon stylo… », commença-t-il pour se défendre.

Mais sa voix fut couverte par un aboiement de la maîtresse.

« Bien sûr, ton stylo ! Tu as toujours une excuse, n'est-ce pas ? »

Tête baissée, Fabien ne répondit pas. Il valait mieux se taire, de peur d'alimenter la rage contenue de Mme Benjamin. Il glissa un regard vers Sophie, qui lui faisait face, et lut dans ses yeux son soutien. Lorsque Mme Benjamin tourna les talons pour retourner vers son bureau, tout son corps était noué. La douleur de sa nuque s'était réveillée.

Sophie s'en était bien sortie avec la dictée. Elle s'en sortait toujours bien, d'ailleurs. Quand elle écrivait, l'orthographe lui apparaissait comme sur une photo qui serait projetée dans son esprit. Son père pensait que c'était parce qu'elle lisait beaucoup, sa mère estimait qu'elle avait des facilités, tout simplement.

En remontant la longue rue qui menait chez elle, Sophie repensa à leur projet. Seule, elle n'aurait jamais pris ce risque, mais l'idée de donner à leur bande une existence plus tangible lui avait permis de surmonter ses craintes. Ce serait tellement grisant d'avoir ce secret à partager avec ses amis... Ses frères n'en reviendraient pas, s'ils l'apprenaient. Mais bien sûr elle ne leur dirait rien, puisqu'ils utiliseraient aussitôt l'information pour la faire bisquer, ou lui extorquer des services. N'empêche, eux qui la prenaient pour une timorée, ils seraient bien étonnés...

En grimpant les cinq étages de l'escalier sur cour qui desservait leur appartement, Sophie était guillerette. Son père rentrait tôt le jeudi, tandis que sa mère avait son cours de gym, sa nouvelle lubie. Elle laissait un dîner tout prêt que son père faisait réchauffer, et le repas se passait dans la bonne humeur. Ses frères faisaient les pitres et elle piquait des fous rires sans encourir de remontrances. Juste avant le retour de leur mère, ils s'empressaient de tout ranger afin qu'elle retrouve une cuisine impeccable. Pendant qu'elle et ses frères s'activaient, leur père s'installait au salon avec son journal et sa pipe. La récré était terminée.

Elle sonna deux coups brefs, selon le code familial, et entendit des talons claquer sur le parquet. Sa mère ouvrit la porte dans un geste agacé.

« Ah, te voilà enfin. Tu sais que je ne pars pas tant que tu n'es pas rentrée, tu pourrais te dépêcher !

— Je n'ai pas traîné, je t'assure... »

Sophie ouvrit grand les yeux pour mieux témoigner de sa bonne foi. Elle était capable de soutenir un regard sans ciller tout en proférant un mensonge, aptitude qu'elle n'utilisait qu'à bon escient, se disait-elle pour éviter de culpabiliser. Ses yeux bleus et sa blondeur, en lui donnant un air angélique, éteignaient la méfiance de ses interlocuteurs. La tentation était grande... Sa mère n'était pas facile à berner, mais elle n'insista pas et saisit son sac de sport.

« N'oublie pas de faire tes devoirs ! » lança-t-elle en partant.

Sophie, une fois hors de sa vue, haussa les épaules.

Étant la seule fille, elle avait le privilège de disposer d'une chambre – minuscule, mais où elle pouvait s'enfermer. Elle glissa son cartable sous son bureau et entreprit de ranger sa collection de fèves, que les gestes brusques de la femme de ménage avaient bousculée. Un grand bureau était installé sous son lit en hauteur, ainsi que quelques étagères pour ses livres et ses bibelots. Quelques mois auparavant, c'était l'aîné qui occupait cette chambre, et elle partageait l'autre avec le cadet. Mais, les enfants grandissant, leur mère avait décidé que les garçons feraient désormais chambre commune tandis que Sophie, presque jeune fille, avait besoin de son intimité – ce qui avait accentué le ressentiment de l'aîné à l'égard de sa sœur. Sophie avait jubilé intérieurement, sans prendre pour autant le risque de narguer son frère ouvertement.

Elle n'avait presque rien à faire pour le lendemain. Quelques exercices de grammaire et une lecture en histoire. Elle s'appliqua pour écrire le plus joliment possible, souligna les participes dans les couleurs demandées et contempla finalement son cahier avec satisfaction – elle regrettait presque d'avoir déjà terminé. Le travail scolaire lui apportait toujours une sorte de sérénité, liée à la certitude de savoir exactement ce qu'il fallait faire. Ses cahiers étaient impeccablement tenus, rehaussés de couleurs diverses pour plus de lisibilité. Elle avait compris depuis sa première année d'école que cela disposait favorablement les instituteurs – ça et son allure angélique.

Alors qu'elle préparait son cartable pour le lendemain, la porte de sa chambre s'ouvrit à la volée. Elle se retourna vivement. Son frère aîné se tenait dans l'embrasure et franchit le seuil pour fondre sur elle. La chambre était si petite qu'il se retrouva près du bureau en un seul pas. À seize ans, il mesurait déjà un mètre quatre-vingts et faisait des exercices tous les soirs pour augmenter sa carrure.

« Tu pourrais frapper avant d'entrer ! s'exclama Sophie.

— Ah ouais ? Moi je préfère frapper après… »

Il accompagna ses paroles d'une main levée au-dessus du visage de sa sœur, un mauvais sourire aux lèvres. Sophie rentra la tête dans les épaules instinctivement, même si les menaces de son grand frère étaient rarement suivies d'effets.

« Qu'est-ce que tu veux ?

— Mon stylo est mort, tu m'en prêtes un pour finir ma dissert' ? »

L'interrogation était à peine marquée.

« J'ai un bic si tu veux.

— Non, j'ai besoin d'un plume.

— Mais tu vas l'abîmer, il est à ma main… »

Son frère ignora sa protestation, tendit la main vers la trousse et s'en empara.

« Mais arrête ! J'ai dit non !

— Gnagnagna ! »

Il avait adopté ce ton qui exaspérait tout particulièrement Sophie, une voix de fausset teintée d'accent bébé censée l'imiter. Elle sentit les larmes lui monter aux yeux.

« Je vais le dire à papa ! » lança-t-elle en désespoir de cause.

La menace était dérisoire, car leur père ne prenait quasiment jamais parti dans leurs querelles, qu'il qualifiait d'enfantillages. La seule chose qu'il demandait, c'était le calme pour lire en paix.

« Eh ben vas-y… »

Il tourna les talons et Sophie entendit son rire s'éloigner dans le couloir. Elle resta un long moment les yeux dans le vague, des larmes prêtes à jaillir, le cœur serré par un sentiment d'impuissance qui la désespérait. Son frère aîné avait toujours le dernier mot – ou plutôt sa force physique clouait le bec à son interlocuteur. Le cadet, à treize ans, avait du répondant et tenait tête à son frère depuis peu, ce qui poussait l'aîné à chercher une autre victime, car les victoires remportées sans coup férir étaient ses favorites.

Sophie s'en était plusieurs fois plainte à sa mère, qui avait balayé d'un revers de main ce qu'elle avait appelé, elle, ses « jérémiades ».

« Arrête de couiner comme une dinde ! Ton frère te taquine un peu, la belle affaire ! »

De toute façon, s'était dit Sophie, l'aîné était le seul à qui leur mère ne faisait pas de réflexions. À croire qu'elle le trouvait parfait, ce fils-là ! Elle ne voulait jamais voir ses mensonges, sa méchanceté… Peut-être parce qu'ils se ressemblaient tellement, physiquement ? Sophie, elle, tenait de sa grand-mère paternelle ses cheveux blonds et sa pâleur, quand le reste de la famille avait les yeux sombres et le teint mat.

Elle avait demandé un verrou pour sa chambre, qui bien entendu avait été refusé par sa mère. « Depuis quand as-tu besoin de t'enfermer ? Cesse donc de faire des histoires ! » Mais une autre technique lui avait été suggérée par Valentin : la chaise coincée sous la poignée de la porte. Elle s'empressa de bloquer l'entrée de sa chambre, furieuse contre elle-même d'avoir oublié de le faire dès son retour.

« Sophie ! Téléphone ! »

Elle sursauta en entendant le cadet l'appeler d'une voix forte. Heureusement que leur mère n'était pas là, elle détestait les cris – autres que les siens.

Valentin était au bout du fil, prétextant une question sur les devoirs pour le lendemain afin de justifier son appel. Sophie sourit intérieurement : Valentin était une vraie pipelette, il adorait les conversations au téléphone et n'était interrompu que par sa grande sœur, qui elle aussi avait des choses de première importance à communiquer à ses amis. Ils avaient plusieurs postes de téléphone, chez eux, et on entendait régulièrement un petit cliquetis qui indiquait que quelqu'un avait décroché dans une autre pièce.

Valentin était en train de lui expliquer par le menu les raisons pour lesquelles il ne pouvait pas supporter sa petite sœur quand la porte d'entrée, en s'ouvrant, fit sursauter Sophie.

« Raccroche ! lui lança son père depuis l'entrée, alors qu'il retirait son imperméable pour le suspendre à la patère.

— Ce n'est pas moi qui appelle, répliqua Sophie en espérant bénéficier d'un sursis.

— Raccroche quand même, fit son père sèchement. Tu bloques la ligne ! »

Sophie obtempéra en maugréant. Il n'y avait jamais moyen de faire ce qu'on voulait, dans cette maison… Alors qu'elle partait les épaules basses, son père la héla :

« Puisque tu es là, mets le couvert.

— J'attends les garçons…

— Arrête de discuter ! Ils vont te rejoindre… »

Sophie soupira sans répondre. La même scène se répétait tous les soirs, sans que ses parents s'en rendent compte le moins du monde – ou en tout cas prennent la peine de le relever. Les garçons avaient toujours une excuse – leurs devoirs, leur fatigue d'adolescents, le sport qu'ils venaient de faire – pour se défiler et chacun trouvait normal que Sophie s'attelle seule à la tâche.

« Ben quoi, t'es une fille, non ? l'avait souvent nargué l'aîné. Allez, pleure, ça me fait rire », avait-il coutume de poursuivre quand sa sœur battait des paupières pour retenir ses larmes de frustration.

Ce soir-là, ses espoirs de fou rire et de bonne humeur furent vains. Leur père était morose, agacé au moindre mot. Ses sourcils froncés et son air sombre mettaient Sophie au supplice. Jamais il n'aurait fait à ses enfants la moindre confidence, elle était donc condamnée à supputer, passant en revue les catastrophes les plus plausibles avant de s'aventurer vers les moins probables. Sa seule consolation fut que ses frères passèrent un aussi mauvais moment qu'elle. Leur père les poussa dans leurs retranchements, fustigeant leurs notes pas assez élevées à son goût et leur propension à la paresse. Ils débarrassèrent dans un silence de plomb, conclu par deux mots prononcés d'une voix glaciale : « Au lit ! »

Valentin avait reposé le combiné avec un pincement au cœur. Il n'aimait rien tant que ces discussions avec Sophie, sa voix au creux de son oreille et les confidences tellement plus faciles quand il ne croisait pas son regard. Il ne lui restait plus qu'à attendre le dîner puis le film du soir. Le mardi, ils avaient toujours le droit, sa grande sœur et lui, de le regarder jusqu'au bout. La benjamine était encore trop petite, elle devait se mettre au lit à neuf heures, à son grand désespoir.

Il repartit vers sa chambre en traînant les pieds. Assis sur la moquette au milieu de ses Lego, il se demanda ce qu'il pourrait bien construire pour passer le temps. Un fort à la taille de ses Playmobil ? Encore ? Il n'aimait plus vraiment jouer avec ses briques mais refusait de les abandonner à sa petite sœur. Il pourrait reprendre son dessin de la veille pour le compléter… Son père l'avait emmené voir *Star Wars*, trois ans plus tôt, et depuis il dessinait tous les univers possibles, ajoutant des créatures de son cru pour renouveler son inspiration. Penché sur sa feuille, il se rendit bientôt compte qu'il ne s'amusait pas et posa son feutre. Derrière la fenêtre, un balcon courait tout le long de la façade. Il s'y glissa et entreprit une expédition d'espionnage vers la chambre de sa grande sœur. Il avait emporté un miroir de poche afin de l'observer discrètement, mais la manœuvre lui apparut bien vite fastidieuse, et peu concluante. Il risqua une tête et sursauta en rencontrant le visage furieux de sa sœur. Elle ferma son rideau d'un geste brusque. Il pouvait toujours aller jusqu'à la chambre de la petite et lui faire peur, pour se venger de son échec. Il reprit donc sa progression et entreprit de cogner, d'abord discrètement, au carreau. Puis il commença à émettre des borborygmes plus effrayants les uns que les autres, avant de pousser de vrais cris. Enfin, il sauta devant la fenêtre pour contempler la frayeur de sa petite sœur. Mais en fait de victoire, il se trouva une nouvelle fois face à sa grande sœur, courroucée.

« Tu es vraiment trop bête ! » lui lança-t-elle avant de fermer une nouvelle fois les rideaux.

Il repartit vers sa chambre, pour en trouver la fenêtre fermée de l'intérieur. Il ne lui restait plus qu'à espérer que son père était dans le salon. Le balcon se terminait là, séparé de celui des voisins par une grille aux pointes dissuasives. Sa mère avait fait de leur partie un véritable jardin, ce qui compliquait la progression de Valentin. Son père se tenait à son bureau, dans un coin du salon, tête penchée vers des papiers recouverts de son écriture serrée. À travers le carreau, Valentin tenta d'abord d'attirer son attention par des gestes frénétiques, puis se décida à frapper deux coups discrets. Son père tourna vivement la tête vers la porte tout en glissant ses papiers dans une chemise en carton. Il semblait inquiet tout à coup, presque fébrile. Valentin recommença à cogner sur le carreau, avec précaution car celui-ci résonnait de manière inquiétante. En trois pas son père fut près de la porte-fenêtre et le libéra.

« C'est ta mère qui t'envoie ?

— Euh... non, ma fenêtre s'est fermée toute seule... J'étais coincé. »

L'éclat suspicieux dans l'œil de son père ne s'éteignit pas immédiatement. Il avait une allure presque juvénile, avec sa pâleur d'adolescent enfermé dans sa chambre et sa sveltesse. Valentin avait depuis quelque temps repéré sa façon de froncer les sourcils quand il voulait couper court à la discussion et savait que l'augure lui enjoignait de filer au plus vite. Il ne put cependant retenir sa question :

« Tu... Tu travailles sur quoi en ce moment ? »

Les occupations de son père lui semblaient à la fois mystérieuses et passionnantes, bien que les haussements d'épaules de leur mère instillent chaque fois un doute.

« C'est un projet... », commença son père avant de s'interrompre. Il jeta un regard vers la porte, et soupira avant de poursuivre.

« Je ne suis pas encore assez avancé pour en parler. Mais cette fois, je crois que je tiens la bonne idée, celle qui va me permettre de percer ! »

Valentin afficha l'expression la plus engageante possible. Mais l'amorce de confidence fut tuée par un son sans appel en provenance de la salle à manger : la cloche signalant le passage à table. Encore une tradition que leur mère avait importée de chez sa propre mère. Autant dans la grande demeure où ils passaient l'été ce son tintait joyeusement aux oreilles, autant en ville il était incongru, et déplacé, même. Il fallait se présenter à table mains lavées et attendre que leur mère fût assise pour prendre place.

C'était le soir des côtes de blettes à la sauce blanche, sur lesquelles leur père ne manquait pas de s'extasier, sans que Valentin sache s'il était sincère ou cruel. Lui-même avait des haut-le-cœur, dont il ne venait à bout que grâce à la pensée réconfortante du film qui les attendait. Tous les mardis, l'hypothèse que sa mère faisait coïncider ce plat honni avec la soirée télévision, dans une volonté d'équilibre entre plaisir et déplaisir, l'effleurait sans qu'il parvienne à trancher. Il avait renoncé à se plaindre du menu depuis longtemps, incité par la méthode maternelle de dissuasion : servir la recette encore et encore jusqu'à ce que les protestations se muent en silence ou, mieux, en félicitations.

La télé était allumée dans le salon et seul son père, en bout de table, avait vue sur l'écran. Ses sœurs et lui devaient se contenter du son, tandis que leur mère feignait de n'accorder aucune attention au programme. Valentin avait pourtant souvent observé qu'elle jetait des regards discrets vers le salon et interrompait parfois ses gestes sans raison apparente. On parlait encore du coup d'État en Turquie, de la guerre entre l'Iran et l'Irak et du tout récent attentat en Allemagne, à Munich. Valentin avait vu subrepticement des images du chaos après l'explosion de la bombe et ne parvenait pas à les oublier.

« Quel est le thème des *Dossiers de l'écran*, ce soir ? demanda son père.

— La vie quotidienne en URSS, répliqua sa mère après avoir jeté un œil au programme. Avec un téléfilm d'un cinéaste soviétique.

— Ils veulent nous préparer à toutes les éventualités, on dirait... »

Valentin vit sa mère sursauter.

« Qu'est-ce que tu racontes ?

— Eh bien, cette fois-ci, c'est peut-être Mitterrand qui va être élu président, au printemps… ce n'est pas impossible, continua-t-il avec une pointe de moquerie dans la voix.

— On dirait que cette perspective t'enchante ! »

Et c'était reparti.

« Tu riras moins quand les communistes gouverneront le pays ! Tiens, on va en avoir un bon aperçu… moi je te préviens, s'il passe, je pars ! »

Valentin cessa d'écouter. Cette discussion récurrente entre ses parents déclenchait un malaise qu'il mettait du temps à étouffer. Il s'insinuait en lui une tristesse teintée de stress, le sentiment d'un malheur imminent face auquel il était impuissant.

Une fois la table débarrassée, ils prirent chacun leur place – les parents sur le canapé en velours côtelé, sa grande sœur et lui sur des coussins, par terre – et, au son des premiers tambours du générique, toute discussion cessa. Leur mère venait d'acheter un poste en couleur, avec une télécommande, ce qui épargnait aux enfants la corvée de se lever chaque fois qu'il fallait changer de chaîne. Ce confort faisait partie des petites joies que Valentin mettait dans un coin de son esprit pour les jours moroses.

Le film l'ennuyait ferme, mais jamais il ne l'aurait avoué. Il cessa de suivre l'intrigue et partit dans ses pensées, centrées autour de l'expédition qu'ils projetaient.

Fabien, Antoine, Sophie et lui étaient amis depuis leur premier jour de CP. Installés aux deuxième et troisième rangs, pieds ballants et bras croisés sur la table comme on le leur avait demandé, ils avaient écouté avec une crainte grandissante leur maîtresse, Mlle Brand, édicter les règles de la vie en classe. Avec sa bouche pincée, son gilet gris et ses rides, elle avait l'air d'avoir cent ans. Et de ne jamais sourire. Ils avaient échangé des regards anxieux et s'étaient regroupés dans la cour à la première récréation. Aucun n'avait osé formuler ses craintes à voix haute, ce jour-là, de peur de passer pour un petit. Mais Sophie avait suggéré qu'ils jouent aux superhéros, répercutant les récits de ses grands frères pour emporter l'adhésion de ses nouveaux amis. Les Quatre Fantastiques leur avaient tout de suite plu. Ils s'étaient réparti les rôles avec une évidence qui avait achevé de sceller leur groupe. Son personnage, l'Homme élastique, avait la capacité d'allonger ses membres à l'infini. Il pouvait aussi se contorsionner et se cacher dans n'importe quel endroit biscornu, ce qui lui conférait un sentiment de sécurité inouï. Et tous les quatre, ils étaient invincibles. Il ne leur manquait qu'un repaire, un endroit secret où se retrouver pour reprendre des forces après les batailles et mettre au point leurs opérations. Fabien avait une idée en tête, et, à en juger par son expression de tranquille assurance quand il leur en avait parlé, l'endroit devait être incroyable. Valentin avait hâte d'être à jeudi.

Antoine sentait le feu dévorer ses poumons. Il courait depuis la porte de son appartement, son cartable rebondissant sur son dos, trop en retard pour même penser à demander l'heure. Arriver après la sonnerie entraînerait une punition qui le priverait de l'expédition du soir, ce qui était inenvisageable. Tout ça parce que sa mère avait encore oublié de mettre le réveil et refusait qu'il ait le sien. Elle avait ensuite monopolisé la salle de bains pendant trente minutes, indifférente à ses supplications. Il avait fini par se passer de l'eau sur le visage à l'évier de la cuisine, s'était peigné avec les doigts et habillé à la hâte. En tournant le coin de la rue, il vit le concierge qui, comme à son habitude, jetait un regard circulaire avant de fermer la porte de l'école. Antoine lui fit un geste de la main pour attirer son attention, sans cesser sa course. Quand il atteignit enfin le hall, il était hors d'haleine et rouge brique. Dans la cour, ses camarades, en rang deux par deux, distances prises, s'apprêtaient à monter en classe. Il eut juste le temps de les rejoindre.

Le jeudi matin s'ouvrait toujours sur une leçon de maths, matière pour laquelle Antoine éprouvait une répulsion indéfectible. Tout le monde avait beau lui répéter que c'était d'une grande simplicité, il ne parvenait pas à se mettre en tête les formules de calcul d'aire ou de volume, par exemple. Il les confondait systématiquement et, certain de se tromper, changeait de pied alors même qu'il avait choisi la bonne. C'était inéluctable… Mme Benjamin se plantait souvent derrière lui pendant que tous les enfants avaient la tête penchée sur le problème du jour. Deviner sa présence dans son dos, entendre son souffle de fumeuse, sentir le mélange de son parfum, très fort, et du tabac qu'elle consommait à outrance lui donnait la nausée. Il avait le sentiment qu'un piège se refermait sur lui, une de ces mâchoires de fer aux pointes cruelles. Pour y échapper, une fois pris, il n'y avait d'autre solution que de sacrifier le membre prisonnier, le couper pour libérer le reste du corps. Antoine aurait voulu que la foudre s'abatte sur l'école, qu'un incendie se déclare, qu'un sortilège le transporte loin… Mais Mme Benjamin était toujours là et il pouvait sentir sa colère monter à mesure qu'il rayait ses calculs.

« Tu t'es trompé à la première ligne ! »

Ses yeux dansèrent sur la page mais il fut incapable d'aligner deux pensées. Il voyait les chiffres mais ne trouvait plus de logique entre eux, comme s'il s'était agi de dessins sans signification.

« À la première ligne ! » réitéra Mme Benjamin, ne taisant plus son agacement. Une main aux doigts chargés de bagues claqua sur la table.

« Première ligne ! »

Il croisa le regard de Fabien et chercha à y lire la formule magique qui pourrait le délivrer, mais il n'y vit que la même panique.

« Tu passeras la récréation à la trouver, si c'est cela qu'il te faut ! »

Mme Benjamin s'éloigna, laissant dans l'air des effluves de parfum. Il entendit le claquement de ses talons s'éloigner et reprit sa respiration. Il regarda de nouveau Fabien qui, à mesure que la menace s'approchait de lui, enfonçait la tête dans les épaules. Laure était un peu loin pour lui apporter son aide. Il revint à sa première ligne de calcul en faisant appel à toutes ses ressources. Il avait l'impression que, comme dans les cauchemars dont il était coutumier, la solution s'éloignait à mesure qu'il cherchait à l'atteindre. Et puis ce sentiment de faire tous les efforts possibles sans parvenir à faire bouger le moindre neurone, comme lorsqu'il voulait échapper à un danger et que ses pieds restaient irrémédiablement collés au sol. Il se réveillait au moins trois fois par semaine en nage, épuisé d'avoir lutté toute la nuit, le cœur battant de peur au souvenir des monstres qui l'avaient traqué. Il aurait voulu être aussi imposant que le superhéros qu'il avait choisi d'incarner, La Chose, homme de pierre que rien n'entamait...

Mme Benjamin ne surveillait jamais les élèves qu'elle privait de récréation, car elle avait trop besoin de sa cigarette. Antoine resta donc seul à sa place, non sans avoir reçu des consignes proférées d'un ton glacial : ne pas bouger de sa place, ne pas même lever la tête tant qu'il n'avait pas terminé. En sortant de la classe, Sophie lui avait glissé un papier qu'il avait prestement caché sous son cahier. Une fois sûr que sa maîtresse avait bien quitté l'école, il le sortit : la solution était là ! Il avait le temps de recopier l'exercice et de profiter encore de dix minutes de liberté avec ses amis. Ils devaient mettre au point leur plan pour leur expédition du soir.

Jamais un après-midi ne leur avait paru si long. Quand enfin la cloche sonna, il leur fallut encore attendre l'autorisation de quitter la classe, que Mme Benjamin, comme si elle sentait leur impatience et voulait prolonger le supplice, tarda particulièrement à leur donner. Quand ils franchirent la porte de l'école, l'euphorie les gagna. Ils s'éloignèrent du flot de leurs camarades, qui se précipitaient pour acheter des bonbons, et remontèrent la rue vers le boulevard. Leur quête débutait.

Depuis les premiers jours de leur amitié, ils se débrouillaient pour se rejoindre le plus souvent possible, en dehors de l'école, afin de continuer les aventures débutées à la récréation. Antoine avait trouvé les frères et sœur qui lui manquaient tant, Sophie une place qui la sortait de son statut de « petite dernière », Valentin une manière de se libérer de ses sœurs et Fabien, enfin, avait le sentiment d'avoir un bloc protecteur autour de lui. Quand le temps le permettait, ils restaient dehors, montant parfois jusqu'au grand parc, mais le plus souvent se contentant des quelques squares proches de leur école. Ils avaient la permission de dix-huit heures, en général, et devaient passer un coup de fil à la maison pour signaler un retour plus tardif. Parfois, ils allaient chez l'un ou l'autre, généralement chez Valentin ou chez Sophie. La mère d'Antoine, qui avait des horaires fluctuants et travaillait parfois à la maison, ne supportait pas de voir son espace envahi, comme elle disait. Quant à Fabien, il leur avait fait comprendre tout de suite qu'aller chez lui était inenvisageable, sur un ton tellement grave que personne n'avait osé lui demander des précisions. Antoine, qui le raccompagnait souvent jusqu'à la porte de son immeuble, avait longtemps jeté des coups d'œil à la façade pour tenter d'y déceler un indice. Cette impossibilité l'intriguait. Puis il avait compris, trois ans plus tard.

« Venez, je vais vous montrer à quoi j'ai pensé », leur lança Fabien sur un ton laissant pointer une aura de mystère.

Alors qu'ils étaient sur le boulevard, il prit une rue à droite qui menait directement à la Seine. Dans cette partie du quartier, plusieurs ruelles rompaient avec la rectitude des autres rues, rappelant aux touristes l'ancienne ville, rectifiée par le baron Haussmann.

« Eh, mais si on tourne encore à droite, on va revenir à l'école ! s'exclama Valentin.

— Me dis pas que c'est là qu'on va ? » s'alarma Antoine, dont le ton dramatique fit s'esclaffer ses amis.

Fabien afficha un air entendu et accéléra le pas, laissant ses amis à leurs suppositions. Ils trottinaient derrière lui en lançant les idées les plus folles, et lui souriait en coin. Il trouvait sa découverte idéale pour leur projet, mais, en traversant la dernière rue avant d'atteindre son but, il fut envahi d'un doute. Serait-ce assez grand ? assez confortable ? Les autres aimeraient-ils le lieu ? C'était un peu étrange, tout de même…

En voyant le square de l'église, à deux pas de leur école, Antoine, Sophie et Valentin laissèrent échapper des exclamations de surprise. Fabien poussa le portillon et se dirigea vers le banc du fond.

« Bon, voilà mon plan, lâcha-t-il une fois ses amis autour de lui. Derrière moi, après les buissons et les arbustes, il y a les ruines, vous voyez ? »

Les autres acquiescèrent en silence.

« L'autre jour, je me suis glissé derrière pour voir comment c'était. En fait, il y a de la place avant le mur de l'église. Mais ça ne se voit pas. C'est pour ça que j'ai pensé que c'était idéal pour notre cabane ! »

Le silence qui suivit relança son inquiétude. Ils avaient l'air dubitatifs. Antoine finit par prendre la parole.

« Comme ça, je ne vois pas trop. Il faudrait qu'on puisse se rendre compte… »

Il ne voulait pas critiquer d'emblée l'idée de son copain, mais sa déception était immense. Alors que leur projet, maintes fois discuté, sur lequel ils avaient passé des heures à rêver et à échafauder des plans, était d'avoir enfin un lieu à eux, à eux tout seuls, une cabane où se réfugier, que personne sinon leur bande ne connaîtrait et qui abriterait leurs trésors, un endroit où les adultes n'auraient pas leur mot à dire, où régneraient amitié et fraternité, Fabien les amenait à proximité immédiate de l'école, dans le square le moins attractif du quartier. Alors non, il ne voulait pas être négatif, mais quand même…

Sophie et Valentin ne disaient rien, mais Fabien sentit que l'énergie du groupe en avait pris un coup. Il jeta un regard circulaire pour s'assurer que personne ne pouvait les voir, se leva d'un bond, franchit la bordure de métal et lança d'un ton assuré :

« Venez ! Vous allez comprendre. »

Ils se faufilèrent chacun leur tour entre les buissons, jetant des regards anxieux derrière eux afin de s'assurer que personne ne les avait vus. Mais le square était le plus souvent vide et n'avait pas de gardien attitré, compte tenu de sa dimension. Quelqu'un venait ouvrir le matin et fermer le soir, et parfois passait à l'heure de la sortie de l'école, sans s'attarder. Les lieux ne comptaient qu'un pauvre cheval à bascule qui n'attirait pas les familles. Les quelques bancs servaient aux touristes, qui dévoraient leurs sandwichs avant de repartir à l'assaut de la ville, laissant derrière eux des papiers gras qui accentuaient l'impression de désolation générale. Un vendeur de gravures bon marché accrochait sa marchandise aux grilles, masquant en partie la vue.

Quand ils débouchèrent là où Fabien voulait les mener, ses trois complices restèrent silencieux. Fabien sentit que l'atmosphère avait changé. Plus de méfiance, mais une stupéfaction muette qui était de meilleur augure.

« Regardez, si on avance encore un peu, ça devient plus large. On peut s'asseoir sur les pierres. Avec quelques planches, je suis sûr qu'on peut bricoler un toit sans que personne le voie. »

Valentin hocha la tête, les yeux brillants. Il avança et posa une main sur le mur de l'église puis se tourna vers les ruines qui délimitaient l'espace dont Fabien voulait faire leur repaire. Les voûtes médiévales installées derrière les fourrés constituaient un rempart parfait. Personne ne pouvait les apercevoir, malgré la relative proximité des bancs. Qui aurait dit qu'il y avait un tel espace derrière les vestiges de l'ancienne abbaye ! Quelques circonvolutions des sculptures ornant les ruines permettaient d'observer le square en toute discrétion. Dernière qualité, l'accès pouvait se faire par deux points, ce qui offrait une solution de fuite en cas d'intrusion.

Sophie prit finalement la parole, résumant l'opinion générale.

« Trop bien ! On ne croirait jamais trouver ça dans ce square ! Personne n'aura l'idée d'aller fouiner par là… »

Antoine sourit franchement et s'exclama :

« Alors là, je dois avouer que j'ai eu peur quand tu nous as fait entrer là, mais bravo ! Jamais je n'aurais imaginé qu'on trouverait un endroit aussi cool ! »

Il accompagna ses paroles d'une tape sur le dos de Fabien, dont le visage était illuminé par un large sourire. Fabien se pencha vers une pierre, la souleva et extirpa d'un trou qu'elle occultait un sac en plastique. Bien emballé, un gros sachet de bonbons était destiné à fêter l'inauguration des lieux. Ils choisirent chacun un siège et entamèrent leur festin avec entrain.

Les Quatre Fantastiques avaient leur repaire, désormais. Leurs aventures allaient prendre un nouveau tour.

Antoine avait acheté une bouteille de vin au Monoprix, le caviste étant fermé à cette heure tardive, mais se demandait maintenant s'il n'aurait pas dû s'abstenir. Puis il chassa ces remords de son esprit. Il aurait bien le temps plus tard, quand tout serait fini, de reprendre une vie plus saine.

Il traversa le boulevard après avoir attendu que le bonhomme passe au vert, alors que la nuée des Parisiens pressés s'était déjà élancée depuis quelques instants. Il avait perdu l'habitude de courir comme si quelque chose de la plus haute importance demandait sa présence immédiate. Il atteignit le trottoir d'en face juste avant que les voitures redémarrent, absorbé par sa contemplation de la terrasse du café qui faisait l'angle de la place. Elle débordait maintenant sur les pavés, entourée de hauts bacs de plantes formant une frontière infranchissable. Pas question que la riche clientèle des touristes soit incommodée par les SDF, toujours plus nombreux.

Avant de s'engager dans la rue étroite qui prolongeait la place vers la Seine, il jeta un regard à gauche, vers la rue de son ancienne école. Puis il s'arrêta et fixa, à droite, le square. Il était si petit… Il reprit son chemin la gorge serrée, un inexprimable malaise l'ayant brusquement envahi. Sûrement la perspective des funérailles le lendemain, décida-t-il.

Le studio de sa mère, dans lequel il n'avait pas mis les pieds depuis plus de trente ans, n'avait pas changé. Comme s'il s'était fossilisé au fil des ans. Toujours les mêmes affiches, les mêmes photos qui couvraient les murs sans laisser le moindre espace. Le papier peint, que l'on devinait dans l'encadrement de la fenêtre, aurait pu être exposé au musée des Arts décoratifs, dans une rétrospective des années soixante-dix. Ses teintes dans les jaune et marron étaient censées mettre un peu de gaîté dans leur intérieur, affirmait sa mère quand il lui suggérait de repeindre. En réalité, elle s'était enfoncée peu à peu dans une inertie si profonde qu'un tel changement lui paraissait exténuant.

Sa mère l'avait eu sur le tard, comme on disait à l'époque de sa naissance. Taraudée par l'idée de ne jamais être mère, elle avait fait en sorte de tomber enceinte, sans se soucier du père. Et n'avait jamais révélé son identité. Antoine lui en avait longtemps voulu et, aujourd'hui encore, se perdait parfois dans des rêveries où il le croisait fortuitement et le reconnaissait du premier regard. Il s'était installé dans le studio de sa mère plutôt qu'à l'hôtel en premier lieu parce qu'il n'avait pas les moyens de faire autrement. Mais aussi, s'était-il dit, parce qu'il pourrait ainsi fouiller et éventuellement découvrir des indices sur son géniteur. Sa mère avait peut-être laissé une enveloppe pour lui ? quelques mots, enfin, qui le guideraient ?

En poussant la porte du studio, il fut une nouvelle fois frappé par l'odeur des lieux. Ce mélange d'épices et de poussière qui avait réveillé sa mémoire. Il se revoyait déplier son couchage, le soir, derrière le paravent, tandis que sa mère dormait dans le canapé-lit. Elle lisait toujours très tard, et l'habitude de s'endormir avec une lumière l'accompagnait depuis son enfance. La cuisine était à moitié fermée, séparée de la pièce principale par un bar ouvert dans la cloison. La minuscule salle d'eau était derrière.

La première chose qu'il avait faite, en entrant dans les lieux grâce à la concierge, avait été de se lancer dans un ménage de fond, qui avait eu la vertu, outre la propreté retrouvée, de lui vider la tête des idées lancinantes qui le taraudaient depuis qu'il avait été prévenu par le voisin de l'hospitalisation de sa mère. Pascal le connaissait depuis ses douze ans et l'avait souvent accueilli chez lui, devenant une sorte de grand frère. Antoine l'avait rencontré un de ces soirs où sa mère lui avait enjoint d'aller se promener pour lui laisser le champ libre. Il jouait avec une balle, assis sur la dernière marche, lorsque celle-ci lui avait échappé des mains. Il s'était précipité pour la rattraper, en vain, jusqu'à ce qu'elle atteigne le quatrième étage où Pascal, sortant juste de son appartement, l'avait saisie au vol. Ils avaient discuté quelques minutes sur le palier, ce premier jour. Les fois suivantes, les conversations s'étaient prolongées – cinéma, école, tennis –, c'était l'époque de Roland-Garros. Finalement, Pascal lui avait proposé de venir voir la finale chez lui et, dès lors, Antoine avait régulièrement trouvé refuge au quatrième. Il avait repris contact avec lui sur les réseaux sociaux et Antoine, en souvenir de sa gentillesse, de sa chaleur, de son soutien quand il en avait tellement besoin, avait accepté ce lien avec sa vie d'avant.

Il avait mis plusieurs jours à revenir, écartelé entre un sens du devoir qu'il pensait avoir annihilé depuis longtemps et des souvenirs brûlants de leurs dernières rencontres. Quand il avait enfin franchi les portes de l'hôpital, le médecin lui avait appris que sa mère venait de « partir », mais qu'elle n'avait pas souffert. En tout cas les dernières heures, grâce à une sédation qu'elle avait demandée dans ses directives anticipées.

De toutes les informations déversées sur lui à ce moment-là Antoine n'avait presque rien retenu. Il fixait le corps de sa mère en essayant de la reconnaître, en vain. Cette vieille femme au visage à présent lisse n'avait rien en commun avec celle qui lui avait tant de fois martelé qu'il lui gâchait la vie. Qu'il l'empêchait, selon les jours, d'avoir une carrière, un homme dans sa vie, ou tout simplement de la joie. Les bons jours, pourtant, elle pouvait être gentille. Et drôle. Ce qu'il avait toujours aimé, c'était être en sa compagnie, discret et silencieux, lorsqu'elle était avec des amis. Là, elle se montrait pleine d'entrain, avec un humour féroce et une vivacité qui étaient un enchantement. Il pressentait alors qu'ils auraient pu vivre heureux, si des nuages noirs ne s'amoncelaient, inexplicablement, quand ils étaient en tête à tête. Il avait tout fait pourtant, jusqu'à ses onze ans, pour lui plaire. Et puis les choses avaient changé…

Il ouvrit la bouteille, se servit un verre et s'installa sur le canapé, contemplant les photos épinglées au mur. Toutes celles où il apparaissait avaient été retirées depuis son dernier passage, remplacées par des cartes postales reproduisant des tableaux célèbres, des invitations à des expositions et des dessins humoristiques. Un fatras pathétique, jugea-t-il en avalant une nouvelle gorgée de vin. Mû par une soudaine impulsion, il se leva et commença à ôter les punaises qui retenaient les papiers jaunis. Pour plus d'efficacité, il prit un couteau et un sac-poubelle dans lequel il les jeta au fur et à mesure. Une fois les murs nus, il se rassit lourdement. Le papier peint était d'une étonnante fraîcheur en dessous, protégé qu'il avait été durant toutes ces années. Avec le retour de la mode des seventies, Antoine n'aurait peut-être pas besoin de repeindre avant de vendre, finalement.

Après son deuxième verre, il eut soudain une idée et rapprocha le sac-poubelle du canapé. Il ne pouvait pas jeter ainsi des éléments du décor sans vérifier qu'ils ne cachaient pas autre chose. Une lettre dissimulée, quelques mots révélateurs… Il ressortit une à une les coupures de journaux, cartes postales, posters pour les examiner. Rien. Il en mit tout de même deux de côté : la reproduction d'un autoportrait d'Egon Schiele, sur papier kraft, au front démesuré et à l'air tourmenté, et un marque-page édité à l'occasion de la sortie d'un ouvrage dont sa mère s'était occupée. Elle avait suivi l'auteur pendant plusieurs années, d'ailleurs, avant que l'éditeur décide d'embaucher une attachée de presse attitrée – elle n'avait pas eu le poste.

Une fois ce tri fait, il ferma le sac-poubelle et le déposa derrière la porte, sur le palier. Il fallait aussi se débarrasser des archives de sa mère, qui occupaient plusieurs cartons. Elle les avait entreposés sous une couverture rapportée d'un voyage en Afrique pour en faire une table basse, et cette façon qu'elle avait d'accumuler en prétendant en avoir l'utilité fit remonter la colère d'Antoine. Elle avait toujours fait de leur studio un capharnaüm où il ne pouvait inviter personne, humilié qu'il était à l'idée que l'on voie leur intérieur. Mais lui n'avait droit qu'à une caisse pour ranger ses jouets, un malheureux cube qu'il devait trier régulièrement parce que ses affaires débordaient. C'était un crève-cœur de devoir choisir entre des choses qu'il aimait également. Heureusement, Pascal lui avait proposé de la place dans sa cave pour ses trésors, peu de temps après leur rencontre dans l'escalier.

Il alla chercher un nouveau sac-poubelle et ouvrit le premier carton. Des coupures de journaux, des dossiers de presse, des enquêtes, des notes sur des sujets à proposer aux rédacteurs en chef… Antoine s'obligea à parcourir des yeux chaque pièce avant de la jeter, encore une fois. Il ne voulait rester avec aucun doute, aucun regret de n'avoir pas poussé assez loin ses recherches. S'il n'avait pas d'élément nouveau après avoir vidé le studio, il se déciderait peut-être à faire un test ADN. Depuis quelque temps, il avait l'impression de voir de la publicité pour ces tests plusieurs fois par jour, alors qu'il n'avait jamais fait la moindre requête sur Internet à leur propos. Soit c'était dans l'air du temps, soit ce que l'on disait de la manière dont les téléphones portables écoutaient les conversations était vrai… Car il en avait beaucoup parlé à ses amis, en Espagne.

Il tomba sur un gros dossier concernant un des auteurs que sa mère avait défendus en tant qu'attachée de presse. Elle appréciait des incursions « de l'autre côté du miroir », comme elle disait, et la personnalité de l'auteur en question n'était pas pour rien dans sa décision d'élargir son champ d'activité. Antoine se souvenait qu'il était venu dîner plusieurs fois chez eux, à son grand étonnement, sa mère professant qu'il ne fallait jamais mélanger privé et professionnel. C'était un homme dont la haute stature était accentuée par le plafond assez bas du studio, et le mur mansardé. Il était gentil, se souvint Antoine. Gentil et attentif. Parfois un peu trop curieux quand il le questionnait sur ses résultats à l'école, et parfois un peu pesant quand il lui faisait la leçon sur les études qu'il devrait suivre. Sa mère avait coupé les ponts un beau jour et Antoine avait regretté les soirées à trois. Il posa le dossier sur le canapé, décidé à le lire plus tard.

À trois heures du matin, il s'allongea pour tenter de dormir un peu. Il avait rendez-vous au crématorium à onze heures. Pascal était au courant, il avait fait passer une annonce dans *Le Monde*, et puis c'était tout. À plus de quatre-vingt-dix ans, sa mère ne devait pas avoir beaucoup d'amis encore en vie. L'employé des pompes funèbres l'avait pressé de choisir trois musiques et un texte parmi un catalogue. Antoine n'avait pas réussi à refuser. En revanche il avait spécifié qu'il ne dirait pas un mot, laissant le soin au croque-mort de mener toute la cérémonie.

En descendant prendre un café, vers neuf heures, il fut une nouvelle fois frappé par les changements du quartier. Dans la rue semi-piétonne, les terrasses des cafés, si elles gardaient leur touche typiquement parisienne, étaient tirées au cordeau, prêtes à accueillir les nuées de touristes qui avaient repris le chemin de la capitale du romantisme. Antoine eut le sentiment de traverser un décor de film. Renonçant dans l'immédiat à son projet, il marcha jusqu'à l'arrêt du bus qui devait lui permettre de traverser Paris. Il n'avait pas le courage de se retrouver dans un métro bondé et malodorant. Installé à l'arrière du véhicule, après avoir péniblement progressé à travers les caddies de courses et les poussettes, il se laissa aller à sa songerie. Depuis presque trente ans qu'il avait quitté Paris, il avait vécu dans plusieurs capitales, mais sans jamais retrouver le plaisir de la beauté paisible de la ville de son enfance. S'il gardait les yeux levés vers les immeubles, les trouées des grands boulevards, la perspective inégalable de la Seine, il sentait son cœur se gonfler d'un sentiment d'appartenance précieux. Mais en posant son regard sur les trottoirs bondés de quidams ayant tous des sacs de marque à la main, de trottinettes avançant au mépris de toute prudence, de chaussées bloquées par les voitures, scooters, motos, camions et camionnettes, dans un capharnaüm de klaxons et d'invectives, sans oublier les vélos qui se faufilaient sans sembler prêter la moindre attention aux autres usagers de la route, il sentait monter une envie de fuir. Cette vision s'entrechoquait de manière si brutale avec ses souvenirs d'enfance qu'il avait peur que ces derniers en soient supplantés.

Il descendit près d'une entrée secondaire du cimetière et entra dans le café du coin de la rue. Enfin un endroit normal, peuplé de gens normaux, bigarrés, buvant même de la bière à dix heures du matin. Deux femmes, près de la vitrine, poussaient de grands éclats de rire tandis qu'un homme, casque sur les oreilles, tapotait le clavier de son ordinateur. Une classe remontait la rue, venant sûrement de la piscine, vu les cheveux encore mouillés et les sacs de sport qui se balançaient sur les dos. Ils devaient avoir le même âge que… Cette pensée inachevée le troubla, et il sursauta alors que le serveur se tenait juste à côté de lui.

« Qu'est-ce que vous prendrez ? »

Il mit cinq secondes à réagir, incapable même de lâcher un « Euh… » qui aurait justifié sa lenteur.

« Un crème », lança-t-il, avant d'ajouter, encore trop tard : « S'il vous plaît. »

Il se souvint d'un coup d'une anecdote de leur adolescence quand, dans un café, ils avaient été traités de « clients incompétents » par un serveur excédé de devoir faire plusieurs trajets en raison de leurs commandes décalées. Un sourire lui vint aux lèvres, bientôt chassé par le souvenir des autres protagonistes de cette histoire, Sophie et Valentin. Il ne les avait pas vus depuis près de trente ans, eux non plus. Deux ans plus tôt, il avait reçu une demande d'ami sur Facebook de la part de Sophie. Il l'avait gardée un moment avant de finalement cliquer sur « Refuser ». En scrollant sur son profil, il avait compris qu'elle n'était pas en couple – ou plus – et sortait souvent. Ou alors était-ce l'image qu'elle voulait donner ? Il avait alors lancé une recherche Google sur Valentin, sans rien trouver d'intéressant, à part peut-être quelques photos de classe sur Copains d'avant. Il les avait téléchargées et examinées, avant de les ranger dans un dossier sans jamais les rouvrir.

Une fois sa dernière gorgée avalée, Antoine se leva pesamment. Il était temps de se diriger vers le crématorium. Il remonta l'impasse qui menait au cimetière et gravit la colline. On avait, du plus haut point, une vue splendide sur Paris. Les arbres commençaient à se couvrir de vert, il faisait doux et les oiseaux, dans ce paradis de nature urbaine, piaillaient.

Voilà, je vais enterrer ma mère, se dit-il. Enterrer sa mère, cela lui semblait si étrange, alors qu'il l'avait exclue de sa vie depuis si longtemps. Il ne pensait jamais à elle, n'y faisait jamais allusion, si bien que ses amis eux-mêmes n'avaient pas osé lui poser de questions. Il aurait pu tout aussi bien dire : « Ce matin maman est morte, ou peut-être hier… » Il ressentait ce même sentiment de détachement, d'irréalité.

Il sentit une main sur son épaule et se tourna vivement. Pascal le prit dans ses bras sans dire un mot.

« Merci d'être là, articula Antoine, surpris par l'émotion qui le submergea d'un coup.

— C'est normal, mon grand. »

Mon grand… Antoine sourit à ce retour du passé. Comme il aimait être appelé comme ça par Pascal, quand il était enfant ! Aujourd'hui, il sentait combien Pascal était fragile sous son manteau d'hiver. Les années avaient accentué sa morphologie fine. C'était à son tour d'en prendre soin – mais Matthieu, son compagnon, le faisait déjà. Il se tenait quelques pas en retrait, attendant son tour pour se manifester auprès d'Antoine. Il était plus jeune que Pascal, mais d'un certain côté plus sérieux, presque plus mûr… Le couple s'était rencontré lors du vernissage d'une exposition consacrée aux dessins de la tante de Matthieu, quatre ans plus tôt.

Une autre cérémonie se terminait, ils patientèrent donc dans une fraîcheur qui faisait du bien à Antoine. Un mal de crâne montait et il lui semblait que l'air froid allait le ralentir. À onze heures, ils pénétrèrent dans la petite salle où allait se dérouler l'hommage. Quand l'employé du crématorium leva la tête vers eux, Antoine eut le sentiment qu'il masquait son étonnement avec beaucoup de professionnalisme. Ou peut-être était-il juste indifférent. Il fallait se rendre à l'évidence, personne d'autre ne viendrait. La musique s'éleva pendant quelques minutes avant que le maître de cérémonie prenne la parole. Antoine avait refusé la présence d'un prêtre, puisque sa mère n'était pas croyante, mais les techniques d'évocation des morts étaient les mêmes chez les laïcs, la promesse de vie éternelle en moins. Une existence résumée en cinq minutes, peut-être dix, d'après ce que les proches avaient donné comme éléments. Que dire de sa mère ? Antoine avait été laconique lors de leur entrevue, incapable de trouver des éléments saillants positifs dans sa vie. Ne lui revenaient que leurs disputes, de plus en plus virulentes à mesure qu'il grandissait. Et son départ fracassant. Pascal avait pu compléter les années manquantes dans la mémoire d'Antoine. Mais c'était si pauvre, tout de même, cette évocation. Encore la lecture de deux textes, une dernière musique, et le cercueil partit vers l'incinération.

En retrouvant l'air libre, Antoine se sentit tout à coup vidé. Pascal et Matthieu l'entraînèrent d'autorité vers un café de la place Gambetta, où ils commandèrent de quoi manger. Ils respectèrent son silence tout en menant une conversation tranquille, de quoi détendre l'atmosphère et lui laisser le temps de revenir parmi eux.

« Elle n'avait vraiment aucun ami ? demanda-t-il finalement, avec une urgence dans la voix qui saisit Pascal.

— Elle ne sortait plus vraiment, tu sais. Remonter les six étages, c'était difficile pour elle.

— Mais pourquoi est-elle restée dans ce studio ? Elle aurait pu… je ne sais pas… aller dans une maison de retraite. »

En prononçant ces derniers mots, Antoine hésita. Au fil des années, il s'était plusieurs fois dit qu'il devrait prendre des nouvelles, renouer peut-être. Puis, au moment d'appeler, il avait chaque fois renoncé. Tout lui revenait en bloc, les trahisons, les méchancetés, jusqu'à leur dernière dispute, qui avait scellé son départ. Quitter sa vie pour s'occuper de sa mère vieillissante ? Elle qui n'avait pris aucun soin de lui quand il en avait le plus besoin ? Sa colère remontait, intacte, et il repoussait l'idée. Il ne lui devait rien ! Il n'avait pas choisi de devenir son fils ! Elle avait décidé de le mettre au monde sans père, sans même daigner lui en dire un mot – c'était un sujet récurrent de leurs disputes quand Antoine était adolescent. Il avait même failli en venir aux mains, une fois, et avait fui le studio en claquant la porte avec une telle force que le chambranle en avait été descellé. L'évocation de cette scène fit remonter en lui une pulsion de colère qui le pétrifia. Il pensait s'en être libéré depuis longtemps, au fil des thérapies. Les larmes lui montèrent aux yeux.

« C'était quelqu'un qui aimait la solitude, tu sais. On l'invitait régulièrement à la maison, mais elle déclinait souvent. Elle disait qu'elle voulait rester au calme. »

Antoine tourna la tête vers Matthieu qui venait de prononcer ces derniers mots. Quelqu'un qui aimait la solitude... L'inverse de ce qu'elle était quand il vivait avec elle. Il avait alors le sentiment qu'elle n'avait qu'un but : trouver de la compagnie. Il ne comptait plus les soirées qu'il avait passées avec la télé allumée pour se sentir moins seul, tandis qu'elle allait chez des amis « qu'il ne connaissait pas ». Matthieu pensait peut-être l'apaiser en lui disant cela, mais au fond il ne faisait que raviver un sentiment enfoui depuis des années : sa mère préférait n'importe quelle compagnie à la sienne. Pourquoi avait-elle voulu sa naissance ? Pourquoi avait-elle choisi de le garder ? Était-il trop tard lorsqu'elle s'en était rendu compte ? Antoine soupira. À plus de cinquante ans, il en était encore là. Plus de cinquante ans. Cinquante-deux exactement. C'était tellement irréel, ce chiffre... Depuis qu'il était revenu à Paris, il avait l'impression d'avoir dix ans de nouveau, vingt ans, et l'instant d'après il ne reconnaissait plus rien de ce qui avait fait son enfance et sa jeunesse. Une ville complètement différente, où les enfants ne jouaient plus dehors, où les boutiques de vêtements clinquantes avaient colonisé les rues, où tout le monde se déplaçait avec encore plus de frénésie qu'avant. Et puis le clocher de Saint-Germain-des-Prés lui glissait à l'oreille que certaines choses ne changeraient jamais. Le pont des Arts, la perspective sur le Pont-Neuf, le Louvre en face et tous ces clichés touristiques qui constituaient le décor de son enfance étaient protégés. Il se souvint tout à coup de cet ami, à l'adolescence, qui avait décrété qu'il ne passerait plus jamais devant le Louvre à cause de la construction de la pyramide de Pei dans la cour Napoléon. Un outrage insupportable à son décor familier.

« Tu as décidé de ce que tu veux faire des cendres ? » lui demanda Pascal.

Antoine tourna la tête vers lui, sortant de ses pensées.

« Non. Je ne sais pas. Je voulais… Je ne sais pas. Je n'ai aucune idée de ce qu'elle aurait voulu, elle. Et puis de toute façon… »

Il ne termina pas sa phrase. Qui irait se recueillir là où les cendres de sa mère auraient été dispersées ? Pas lui, en tout cas. Sa mère avait eu une famille, un jour. Une sœur avec laquelle elle s'était brouillée quand Antoine avait six ans. C'était un de ses premiers souvenirs marquants. Ils étaient venus déjeuner chez les grands-parents, un couple austère qui vivait dans un pavillon de lointaine banlieue, et une discussion banale avait dégénéré, comme cela se produit en famille. On commence à parler de la cuisson du rôti et on termine avec des paroles définitives sur la bâtardise du petit-fils. Antoine était resté figé en comprenant que l'on parlait de lui, tandis que sa mère avait hurlé tous les reproches qu'elle gardait au fond d'elle depuis son adolescence. Elle l'avait ensuite saisi par le bras pour le traîner hors de la maison, et hors de la vie de sa famille. Elle n'était pas allée aux funérailles de son père, l'année suivante, pas plus qu'à celles de sa mère, quelques années plus tard, ce que sa sœur ne lui avait jamais pardonné.

« Je pense que je vais les jeter dans la Seine depuis le pont des Arts. »

L'image des promenades de son enfance lui était revenue d'un coup. Le pont était en bien mauvais état, une péniche l'ayant percuté. Une sorte d'échafaudage permettait de franchir la partie écroulée. Mais ils aimaient aller flâner là, regardant passer les péniches. Le rêve d'Antoine, à cette époque, était de faire une promenade en bateau-mouche, mais sa mère trouvait que c'était vraiment ridicule, indigne de « vrais Parisiens ». Un vulgaire attrape-touriste. « On n'a pas besoin de ça, nous. Regarde comme c'est beau, ici. C'est la plus belle vue du monde. » Elle avait toujours l'air heureuse en disant cela, et Antoine aimait la voir souriante, détendue, les yeux perdus vers le Grand Palais qu'on apercevait au loin. Quelques années plus tard, le pont avait été rénové. La vue y était toujours aussi belle, mais Antoine avait une sourde nostalgie de la passerelle bancale de son enfance.

« On viendra avec toi, si tu veux bien..., continua Pascal.

— Oui, bien sûr. »

Antoine faillit ajouter « avec plaisir » avant de se reprendre. Il se contenta de sourire. Il avait toujours utilisé le sourire quand il ne savait pas comment réagir. Mais l'idée de ne pas être seul pour ce moment le rasséréna si fortement qu'il en eut encore une fois les larmes aux yeux.

« J'ai quelque chose à vous annoncer. Ça va paraître un peu bizarre, dans ces circonstances, mais... Voilà... je vais avoir un enfant. »

Sophie tourna la tête au mauvais moment : elle passait devant une vitrine qui lui renvoya son reflet. Elle eut le sentiment de recevoir un uppercut. Elle ne pouvait tout de même pas faire demi-tour pour mieux s'observer, mais rester sur le souvenir de ce qu'elle avait vu la tortura jusqu'à la station de métro. Un visage creusé, des cheveux plats, l'air d'avoir cent ans… Elle n'avait vraiment pas besoin de ça, pas aujourd'hui alors que Damien venait de lui annoncer qu'il voulait mettre un terme à leur histoire. Oh, elle n'était pas bien vieille, leur histoire, de toute façon, et Sophie n'avait pas parié sur sa longévité. Mais quand même. Elle aurait préféré avoir l'initiative de la rupture, comme c'était le cas habituellement.

Elle pressa le pas en se disant qu'elle ne voulait pas être trop en retard. Hypocrite ! Elle voulait juste que Valentin, sur la ponctualité de qui on pouvait compter, voie qu'elle se dépêchait s'il scrutait la rue. Elle jouait toujours la femme surmenée, autant pour se rassurer que pour se faire pardonner. Bousculant ses collaboratrices, elle soupirait toute la journée en se plaignant de devoir passer derrière tout le monde, s'appropriait les idées qu'elle captait au vol, brillait en réunion alors que les autres rongeaient leur frein, et quittait le bureau avec un sentiment de vacuité qui s'accroissait avec le temps.

Elle aperçut les cheveux pâles de Valentin. Sa blondeur tendait vers le blanc depuis deux ou trois ans, ses rides d'expression s'étaient accentuées, mais ces signes de vieillissement lui allaient bien. Son allure d'adolescent dégingandé évoluait vers une maturité séduisante.

« Excuse-moi, lui lança-t-elle en prenant place en face de lui à la table coincée dans l'angle de la vitrine.

— Pas de problème, il fallait que je réponde à quelques mails de toute façon. Ça va ?

— Pff, je n'arrête pas ! commença-t-elle. Les jeunes, je te jure, on se demande s'ils ont fait des études… Les fautes d'orthographe ! Si j'en avais fait le dixième quand j'ai commencé, je ne serais pas allée bien loin. »

Valentin n'avait aucune envie de l'entendre une nouvelle fois sur le sujet. Jamais il n'oserait lui dire qu'elle tenait un discours de vieille frustrée, mais il était de plus en plus mal à l'aise devant ses sorties aigres. Il se souvenait de leurs premières années de travail à tous les deux, et des bourdes qu'ils avaient faites, à cause de leur inexpérience. On ne pouvait pas avoir la mémoire aussi courte, ce n'était pas juste.

« Regarde sur quoi je suis tombé l'autre jour », l'interrompit-il en lui tendant une coupure de journal.

Sophie parcourut les quelques lignes et leva vers Valentin un regard éberlué.

« Tu crois qu'il s'agit de la mère d'Antoine ?

— J'en suis quasiment sûr. L'âge concorde.

— La cérémonie était aujourd'hui. Tu aurais dû me le dire, j'y serais allée.

— Ah bon ? Je ne pensais pas que…

— Ben si ! J'ai toujours voulu le revoir. Je n'ai pas compris pourquoi il avait disparu du jour au lendemain. Comme s'il avait… je ne sais pas… eu honte de nous.

— Honte de nous ? Mais pourquoi ?

— Il n'avait pas envie qu'il y ait des témoins de son passé, peut-être. Dans son école d'art, il a changé de monde, il s'est fait de nouveaux amis. Il n'avait plus besoin de nous. »

Sophie avait prononcé ces dernières paroles avec plus d'amertume qu'elle aurait voulu. Mais la plaie était encore vive, malgré les années. Jusqu'au bac, ils avaient été le trio le plus soudé du monde. Au lycée, personne n'aurait songé à en inviter un sans les autres, leur amitié était presque une légende. Deux ans après en être sortis, Antoine s'était éloigné, sans un mot, sans une explication. Sophie avait tenté d'avoir des nouvelles par sa mère, mais celle-ci lui avait presque raccroché au nez après un « je ne veux plus en entendre parler » des plus secs.

Valentin inspira profondément avant de se lancer. Il n'avait jamais voulu livrer le fond de sa pensée à Sophie quand Antoine s'était mis aux abonnés absents, et puis le temps avait passé et il lui avait semblé plus pertinent de ne pas revenir sur cette histoire.

« Tu n'as jamais envisagé que l'école d'art ne soit pour rien dans son éloignement ?

— Comment ça ?

— Eh bien, il y avait peut-être une autre raison. Ou d'autres raisons… »

Sophie le regarda en fronçant les sourcils.

« Va au bout de ta pensée !

— Tu sais qu'il a toujours cherché à comprendre ce qui avait pu arriver à Fabien… »

Sophie se raidit. Ce lien entre les deux disparitions s'était toujours imposé à elle, sans qu'elle parvienne pour autant à formuler cette évidence. L'idée que tout était lié revenait toujours, insidieuse, la plongeant dans des abîmes de conjectures, puis dans le désespoir de l'impuissance. Ils ne le sauraient jamais, et cela ne faisait que raviver la plaie.

« Quel rapport ?

— Je crois qu'il nous en a toujours voulu.

— Mais de quoi ? explosa tout à coup Sophie. De quoi, hein ? On n'a rien à se reprocher, quand même ! Rien ! On était des enfants ! Pourquoi tu reviens toujours sur cette histoire ?

— Tu exagères, c'est la première fois que j'en parle depuis des années… et puis je me suis mal exprimé. Peut-être qu'il s'en voulait à lui aussi. Peut-être qu'on lui rappelait trop Fabien, qu'il n'a plus pu le supporter.

— C'est tordu, ton raisonnement. »

Sophie s'était renfoncée dans son siège, bras croisés sur la poitrine, menton baissé. Elle fixait les pieds des passants derrière la vitrine, sentant monter en elle une colère qu'elle ne parvenait ni à comprendre ni à contenir. Elle se trouvait bête, d'un coup, à ressasser ces vieilles histoires et à leur accorder tant de pouvoir sur son humeur. Elle aurait dû tourner la page depuis bien longtemps. Mais la tristesse, le dépit, le sentiment de trahison qu'elle avait ressentis en comprenant qu'Antoine ne voulait plus de contacts avec eux étaient restés intacts. Cette peine profonde se réactivait chaque fois qu'elle s'approchait du quartier de leur enfance ou qu'elle voyait des groupes d'adolescents lézarder sur les pelouses du Luco, au printemps. Ils en avaient passé, des heures à refaire le monde, à ricaner, à rêver à leur futur, lorsqu'ils seraient débarrassés de la tutelle pesante de leurs parents, à chercher un « plan » pour le samedi soir suivant, à réviser des devoirs sur table puis le bac…

En compagnie d'Antoine et de Valentin, Sophie sentait qu'elle pouvait affronter le monde entier. Ils avaient fait bloc, en CM2, après la disparition de Fabien. Murés dans le silence et le chagrin, dévastés de ne rien pouvoir faire, taraudés par l'incertitude. Il y avait eu les questions, les suppositions, les accusations, et puis le temps avait passé, la mère de Fabien avait cessé de les contacter, Jérôme, son petit frère, avait quitté l'école. La vie avait continué, même si cela leur avait longtemps paru irréel.

« À quoi tu penses ? »

Sophie sursauta. Plongée dans ses souvenirs, elle en avait presque oublié Valentin.

« À rien. Enfin, à Antoine. À nous… Tu crois qu'on devrait essayer de le revoir ? lâcha-t-elle finalement.

— Pourquoi pas, répliqua Valentin avec une certaine nonchalance.

— Non mais j'ai l'impression que ça ne te fait ni chaud ni froid, d'avoir de ses nouvelles !

— Si. La preuve, je t'ai apporté le journal, non ? Mais bon, ça fait longtemps, tout ça.

— Tu ne t'es jamais posé de questions ? Tu n'as jamais voulu savoir pourquoi ? Bon sang, s'éclipser comme ça ! Après ce qu'on a vécu… »

Sophie laissa la phrase en suspens, frappée une nouvelle fois par la similitude des deux disparitions. Il leur avait fait revivre le drame de leur enfance ! Instantanément, sa colère se réactiva.

« Eh bien tu vois, je crois que j'ai envie d'avoir des réponses ! Alors oui, on devrait le contacter ! Fais voir l'annonce, il y a une adresse ?

— C'est celle d'avant. Rue Jacob.

— On y va ?

— Tu ne crois pas qu'on devait appeler avant ? Débarquer comme ça… »

Sophie haussa les épaules en commençant à pianoter sur son téléphone portable.

« Non. De toute façon, il n'y a plus personne pour répondre, même s'il y a encore une ligne fixe. Attends, voilà… j'ai le numéro. On peut toujours appeler, après tout. On verra bien. »

Elle tendit l'appareil à Valentin d'un geste décidé. Il s'en saisit à contrecœur, à la fois irrité que Sophie ne le fasse pas elle-même alors que c'était son idée et incapable de refuser. Face à elle, il avait toujours eu le sentiment qu'il devait obéir, qu'elle savait mieux que lui ce qui était bon. Ce qu'il n'aurait jamais accepté de ses sœurs, il l'avalait sans ciller de son amie d'enfance. Au collège puis au lycée, il était son chevalier servant. Sans arrière-pensée pour autant, voulait-il se persuader. Il s'éclairait en sa présence, comme en celle d'Antoine. Quand ils étaient tous les trois, il lui semblait que le monde tournait rond. Il ne se sentait plus seul, ni déprimé, ni inquiet de ce que sa famille allait devenir. Son père ne travaillait toujours pas, et aucune de ses inventions n'avait passé le stade du dépôt de brevet. Sa mère était de plus en plus aigre, faisant remarquer devant les enfants que, sans sa famille, ils seraient à la rue depuis longtemps. Et cela justifiait qu'elle prenne toutes les décisions importantes. Face à ces scènes, son père retournait s'enfermer dans le cagibi qui lui servait de bureau, muré dans le silence. Et la vie continuait, de crise en crise. Valentin ne parvenait plus à demander à son père de lui montrer les projets en cours, car il ne les voyait plus que sous l'angle critique de sa mère, ses paroles résonnant comme une voix off tandis que son père développait ses arguments. À partir de son entrée au lycée, il s'était éloigné de la vie familiale, multipliant les activités extérieures pour y échapper. Il ne voulait pas leur ressembler. Il ne voulait pas de leur monde, pas de leur société. Son seul but, c'était de rester un enfant – un adolescent à la limite –, de ne prendre aucune responsabilité et de chercher en toute chose le côté amusant, léger. Fuir tout ce qui aurait fait de lui un adulte. Les années n'avaient pas changé ce postulat, au grand dam de ses compagnes successives.

« Ça sonne… »

Sophie posa un coude sur le guéridon, tout ouïe.

« Allô… Bonjour, c'est Valentin… Valentin Burgand. »

Sophie sentit son estomac se serrer. Était-ce Antoine qui avait décroché ? Sûrement, puisque Valentin lui présentait ses condoléances. Il avait adopté une voix assez compassée, celle qu'il devait utiliser avec ses clients. Mais la main qu'il passait dans ses cheveux n'avait rien de professionnel, elle. Il repoussait sa mèche dans un mouvement mécanique qui trahissait sa nervosité, terminait son mouvement en se frottant la nuque et recommençait.

« Je suis avec Sophie, là.

— …

— On n'est pas loin, si tu es toujours dans le quartier…

— …

— Ah oui, bien sûr, j'appelle sur le fixe, tu es chez ta… enfin, rue Jacob… »

Sophie haussa les sourcils dans un mouvement d'agacement, plus parce qu'elle n'entendait que la moitié de la conversation qu'à cause de la maladresse de Valentin.

« Dans une heure ? Oui… »

Valentin interrogea Sophie du regard et continua, alors qu'elle avait hoché la tête.

« Oui, elle peut aussi. On se retrouve où ? Le *Chai de l'Abbaye* ? OK. À tout à l'heure. »

Antoine raccrocha en soupirant. Il soupirait beaucoup non parce qu'il était las ou triste, mais parce que ça le détendait, libérant sa cage thoracique des tensions accumulées. Siroter un verre de blanc l'aidait aussi à les faire disparaître… Il s'en était servi un en rentrant du déjeuner avec Pascal et Matthieu qui avait suivi la cérémonie, ce qui l'avait fait glisser dans un demi-sommeil, allongé sur le canapé. Vers dix-sept heures, en ouvrant les yeux, il avait commencé à réfléchir à la suite. La vente du studio, la décision qu'il devait prendre vis-à-vis de Sarah, l'endroit où il allait enfin poser ses valises – ou pas. Il s'était fait un café et l'avait bu en contemplant les toits de Paris. C'était le charme de l'endroit, cette vue dégagée sur le nord de la ville, avec les grands monuments en ligne de mire. Il apercevait les tours de Notre-Dame à gauche, l'alignement du Louvre et des Tuileries, le Sacré-Cœur au fond. Une carte postale… Quand il était enfant, il regardait le soleil se coucher sur les toits en attendant le retour de sa mère, captivé par les changements de lumière, le chatoiement fugace du zinc quand il captait le dernier éclat du jour, les nuages irisés et l'éclairage artificiel qui prenait peu à peu le dessus. Il l'avait dessiné mille fois. Il jeta un coup d'œil à sa montre : il avait le temps de le contempler une fois encore. Plaçant le fauteuil devant la fenêtre, il saisit avant de s'asseoir son calepin et ses crayons. Pendant qu'il griffonnait, son esprit vagabondait, caressant les idées et images qui se présentaient sans vraiment s'y arrêter. Parfois, il lui fallait lutter contre l'envie de creuser l'une d'entre elles. Cette méditation ne parvenait à l'apaiser que s'il se tenait à ce flot continu et léger.

Il posa son pastel et soupira longuement. Pourquoi avait-il annoncé la venue d'un enfant à Pascal et Matthieu ? Il n'avait pas encore pris de décision ! Sarah l'avait mis devant le fait accompli, devançant un refus qu'elle pressentait – ou craignait – en ne le prévenant qu'après la première échographie. Son absence de surprise avait été le plus étonnant. Comme s'il avait su que ça lui arriverait un jour ou l'autre. Sarah souhaitait qu'il reconnaisse l'enfant, à défaut de vivre avec elle. Alors qu'il était incapable de formuler une réponse, la nouvelle de la mort de sa mère lui était parvenue, et cette obligation de différer sa décision l'avait soulagé.

Depuis qu'il était de retour, il se laissait porter par les événements. Le rangement du studio, la cérémonie… et maintenant ce coup de fil de ceux qu'il n'avait jamais oubliés. Il savait en décrochant qu'il prenait un risque, celui de retrouver son passé, ou celui de sa mère, il n'avait pourtant pas hésité plus d'une dizaine de secondes. En entendant la voix de Valentin, il avait compris qu'il n'attendait que cela, cette occasion de les revoir. Mais allait-il trouver le courage de tout leur raconter ? Et s'il le faisait, comment réagiraient-ils ? Le temps avait passé, emportant les preuves et gommant les risques. Ce qui lui importait maintenant, c'était d'être cru. Et compris.

La première étoile apparaissait à l'est, à peine discernable. Là où il vivait le plus souvent, les ciels étaient somptueux. À Paris, la lumière venait de la rue. Il était temps de retrouver Sophie et Valentin.

En marchant d'un pas rapide sur le large trottoir du boulevard Saint-Germain, Fabien songea au travail accompli avec satisfaction. Leur repaire prenait forme exactement comme il l'avait imaginé. Ils avaient commencé par travailler sur le camouflage des lieux, en plaçant aux endroits stratégiques des cannisses trouvées au Luco, près des cagibis des jardiniers. Elles semblaient abandonnées car en mauvais état, la bande avait donc décidé de leur donner une nouvelle jeunesse. Découpées et agrémentées de branches de thuyas récupérées dans les déchets verts du square, elles masquaient les deux accès de la cabane. Ils avaient ensuite prévu un abri, en cas de pluie, grâce à un bout de bâche. Une fois ces tâches accomplies, ils avaient rapporté des coussins, des barils de lessive ronds qui faisaient office à la fois de rangements et de tables basses, des verres à moutarde et quelques *Mickey Parade*. Quand ils quittaient la cabane, ils repliaient ce qui était fragile sous la bâche et plaçaient quelques branches dessus pour plus de discrétion. Depuis le square, leur cachette était invisible.

Il décida de passer d'abord au Prisunic pour acheter un paquet de bonbons et traversa en courant devant le drugstore, hors des clous. Il aimait ce sentiment de liberté que lui conférait sa parfaite connaissance du quartier. Il pouvait prédire à quel moment exact les feux allaient changer de couleur, combien de temps il fallait aux voitures les plus rapides pour aller de la rue des Saints-Pères à la rue de Rennes, quel clochard allait tendre la main depuis la bouche de chaleur du métro, selon l'heure de la journée. Son petit monde était parfaitement réglé. Et aujourd'hui, il avait une raison supplémentaire de sentir cette plénitude : son père était en voyage d'affaires depuis la veille, et pour deux jours encore. Sa mère, Jérôme, le petit et lui avaient passé la soirée à jouer à des jeux de société après un dîner de crêpes. Quand son père était là, les garçons devaient se coucher à vingt heures, lumière éteinte. Pas question d'émettre le moindre bruit. Fabien lisait sous ses couvertures, lampe de poche en main, les oreilles aux aguets. Heureusement, le parquet du couloir grinçait et son père n'avait pas le pas léger…

Michoko en main, il retraversa le boulevard devant les *Deux Magots* et s'arrêta un moment face au mime qui faisait s'esclaffer la terrasse en singeant, à leur insu, les passants. Il captait le moindre défaut, la moindre posture, et l'amplifiait jusqu'à la rendre drolatique. Une adolescente était en train d'en faire les frais. En entendant toute la terrasse éclater de rire à son passage, elle se figea. Fabien vit ses traits se tendre et la détresse s'afficher dans ses yeux. Enfin, elle eut l'idée de se retourner et, voyant le comique figé comme s'il tenait un sac US d'une main sur son épaule, à son image, elle comprit et se joignit à la foule des moqueurs. Fabien fut heureux de pouvoir de nouveau rire de bon cœur.

Quand il franchit la grille du square, il avait encore le sourire. Comme à son habitude, il prit place sur le banc le plus proche de l'accès à la cabane et observa les alentours. Personne ne semblait prêter la moindre attention à ce pauvre square. Les mères poussaient les landaus sur les pavés avec pour seule idée de trouver un revêtement plus adapté, les enfants ignoraient ce jardin trop petit et dépourvu de jeux, les touristes n'avaient d'yeux que pour l'église et la place. Fabien se releva et enjamba prestement la clôture de métal puis se dissimula derrière un buisson. Personne ne l'avait remarqué. Il progressa donc vers la cannisse et la poussait délicatement quand une tache de couleur, un mètre plus loin, attira son regard. Une carte à jouer. Mais pas n'importe laquelle. Un Roi sur lequel des sortes d'arabesques avaient été ajoutées à la main, posé contre une pierre, en évidence. Après un instant de stupeur, il se précipita pour vérifier l'état de leurs affaires. Rien ne semblait avoir bougé. Il plaça la bâche sur ses supports et saisit la carte à jouer. Les dessins avaient été réalisés à la main, avec un feutre très fin. La figure du Roi était entourée de lignes mouvantes, entre lesquelles Fabien discerna bientôt des formes. On aurait dit des pièces d'échecs. Il fronça les sourcils pour mieux voir. Il aurait fallu une loupe. Tout entier à son exploration de la carte, il n'entendit pas les pas qui s'approchaient et sursauta violemment quand une main toucha son épaule.

Valentin transpirait dans sa chemise blanche. Il détestait ces habits du dimanche que sa mère leur infligeait à chaque visite chez leurs grands-parents. Dans la voiture qui les menait à Versailles, ils subissaient un rappel exhaustif de toutes les règles à suivre. La mauvaise humeur de sa mère s'amplifiait à mesure qu'ils approchaient, tandis que son père conduisait dans un mutisme lourd.

Le matin même, Valentin avait surpris une conversation alors qu'il utilisait la salle d'eau contiguë à la chambre de ses parents, car ses sœurs monopolisaient l'autre. Il avait terminé sa douche et, serviette autour des hanches, mimait les mouvements de l'Homme élastique quand il utilisait ses bras comme des lianes pour se balancer d'un immeuble à l'autre. Au fond, il était aussi habile à cet exercice que Spider-Man… « Minable ! » L'insulte l'avait tiré de son monde. « Cet argent, c'était pour nos vacances ! » Il n'avait jamais entendu sa mère parler sur un tel ton. Personne ne répondait. Valentin se sécha avec frénésie pour regagner au plus vite sa chambre.

« Mais réponds, à la fin ! Je n'en peux plus de ce silence. J'ai l'impression de parler dans le vide, pour rien…

— Tu sais très bien que ce n'est pas vrai. Nos vacances seront les mêmes que tous les ans, chez tes parents, parce que de toute façon tu ne veux rien faire d'autre que de retrouver ta famille. Alors arrête !…

— Nous y voilà ! C'est ma famille qui te dérange, hein ? En attendant, si elle n'était pas là, nous serions à la rue. Elle a bon dos, ma famille, mais elle te permet de vivre une vie de dilettante, d'inventeur fumeux ! »

Valentin, plié en deux pour enfiler son pantalon, releva la tête. Sa frange, un peu longue, caressait ses paupières. Il secoua la tête pour dégager son front et leva les yeux vers le vasistas par lequel lui parvenaient les éclats de voix.

« Tu sais très bien que le processus est lent. Entre le dépôt de brevet et la commercialisation. Il faut développer les prototypes, et…

— Et rien du tout ! l'interrompit sa femme. Rien du tout depuis des années !

— Tu es de mauvaise foi. Et l'essoreuse à salade coupe-feuilles, hein ? Tous les restaurants l'utilisent, maintenant !

— Et tu ne touches pas un centime dessus, alors parlons-en ! »

Valentin fut blessé par le ton méprisant de sa mère. Ce n'était pas la première fois qu'il surprenait une dispute, mais le sujet de celle-ci était bien plus grave que les habituelles remontrances sur le manque de fermeté de leur père à leur égard.

« Je me suis fait escroquer, merci de me le rappeler. Mais ça prouve que mes inventions peuvent fonctionner.

— Oui, à la Saint-Glinglin… Je suis fatiguée de tes promesses. Maintenant, arrête ces enfantillages et trouve un travail. Mon frère est prêt à te prendre, j'en suis sûre. On lui en parlera à midi. »

Valentin n'avait pas entendu la réponse de son père. Il s'était éclipsé à la faveur des pleurs de sa petite sœur pour achever de s'habiller dans sa chambre, le cœur battant.

La route était longue jusqu'à Versailles. Ils étaient partis trop tard, leur mère pestait qu'ils ne seraient jamais à l'heure, et Valentin piaffait en silence, malheureux de rater ces moments avec ses cousins. La maison de leurs grands-parents, pourtant en pleine ville, était entourée d'un grand jardin, dont l'organisation savamment étudiée permettait de se croire en pleine jungle, à certains endroits. On devait bien sûr faire attention de ne rien abîmer, car les essences étaient d'une grande rareté, comme le répétait leur grand-père, mais on pouvait quand même jouer à être des explorateurs ou encore faire des cache-cache mémorables. À condition d'arriver suffisamment tôt… Une fois à table, on avait l'impression qu'on n'en finirait jamais. Les adultes bavardaient et riaient, les enfants devaient se taire et écouter. Ils n'étaient autorisés à parler que s'ils étaient interrogés, ce qui, tout compte fait, n'était vraiment pas souhaitable. Leur grand-père voulait toujours savoir où ils en étaient de leurs études, et s'ils avaient de bonnes notes, ce qui occasionnait une lutte sourde entre les parents, prompts à mettre leurs progénitures respectives en avant. Valentin échappait encore à cette pression, l'école élémentaire n'étant pas considérée comme sérieuse, mais sa grande sœur souffrait chaque fois de voir ses notes décortiquées en public. Quand elle n'était pas à la hauteur des exigences familiales, leur père tentait de la défendre et de la réconforter, mais leur mère l'enfonçait de ses remarques assassines. « Il faudrait au moins que tu puisses t'inscrire en première année de médecine, concluait-elle généralement. Ensuite… » Elle n'en disait pas plus, prenait un air entendu et un silence de quelques instants se faisait autour de la table. Leur grand-mère adressait alors un signe à la bonne pour qu'elle apporte le plat suivant.

Ils franchissaient enfin le tunnel de Saint-Cloud. C'était ce que leur père appelait toujours le « point de non-retour », et Valentin s'attachait à lui faire confirmer qu'ils l'avaient dépassé avant de se laisser aller complètement à l'anticipation des plaisirs d'une journée chez ses grands-parents. Il voulait aussi chasser de sa tête la déception de la veille. Il devait retrouver Fabien à la cabane, à quatre heures, mais avait attendu en vain, partagé entre la déception à l'idée que Fabien l'ait oublié et l'angoisse, sourde, à celle qu'il ait eu mieux à faire.

Sophie ne quittait pas des yeux la porte d'entrée. Ni Antoine ni Fabien n'étaient là ce matin, pas plus que la veille, et depuis que Valentin lui avait raconté le rendez-vous manqué du samedi précédent, elle ressentait une inquiétude sourde malgré toutes les phrases rassurantes qu'elle se répétait. Si le projet de la cabane lui avait toujours paru excellent, sa localisation avait suscité un grand malaise en elle. Elle n'aimait pas la proximité de l'église, et ces ruines qui lui donnaient l'impression d'avoir vécu trop de choses. Pour rien au monde elle n'aurait fait part de ces pensées à ses amis, de peur qu'ils rient d'elle. Ils ne pouvaient pas comprendre que l'histoire des objets la hantait. Elle se demandait, en voyant les traces d'usure, ce qu'ils avaient traversé, ce qui avait causé ces blessures, et avait le sentiment qu'ils pouvaient porter les mauvaises ondes de leurs propriétaires successifs. Les sorts et malédictions des générations précédentes perduraient ainsi, et les drames se répétaient. Sa mère lui avait raconté, un soir, dans la maison de ses grands-parents que la famille s'apprêtait à vendre, l'histoire de la pierre d'angle de la porte principale, contre laquelle s'était mortellement blessé son grand-oncle. Il se disait dans le village qu'à chaque génération survenait un drame dans la demeure, car ses pierres avaient été volées à une abbaye aujourd'hui disparue. Sophie avait senti le froid de la malédiction pénétrer dans sa chambre et avait mis des heures à s'endormir. Depuis, elle posait sur les objets anciens un regard circonspect et fuyait les antiquités.

Son appartement, dans un des rares immeubles modernes du quartier, lui apportait à cet égard une grande sérénité. Mais quand elle s'aventurait avec les autres dans les ruines de l'abbaye, au fond du square, elle retrouvait la sensation physique de ses premières peurs, l'étau sur sa poitrine, les picotements le long de ses bras, l'impression qu'un sac de sable avait été posé sur ses épaules. Quand elle flanchait, elle se remémorait sa première rentrée à l'école primaire, alors qu'elle ne connaissait encore personne, et la chaleur qu'elle avait ressentie lorsqu'ils s'étaient trouvés, tous les quatre. Ce sentiment qu'elle ne serait plus jamais seule parce qu'ils étaient là, Fabien, Valentin et Antoine, aussi heureux qu'elle d'avoir trouvé des *alter ego*.

Et là, devant les places vides, elle se sentait désemparée. Son regard croisait souvent celui de Valentin, tout aussi tourneboulé. Que le temps passait lentement ! Quand enfin la sonnerie retentit, Mme Benjamin les retint encore quelques minutes, agacée par leur empressement à quitter la classe.

« Si on appelait chez eux ? proposa Valentin quand ils eurent enfin retrouvé leur coin, dans la cour.

— Mais comment ? On ne peut pas sortir.

— On pourrait demander à quelqu'un… je sais pas, quelqu'un qui mange à la maison ? »

Sophie hochait la tête sans conviction quand une idée lui vint.

« Jérôme est peut-être là ? Allons voir chez les petits ! »

Ils traversèrent la cour à toute allure, évitant les cordes à sauter et les élastiques, pour se rapprocher du bâtiment sur rue. Les dixième se regroupaient instinctivement près de l'espace dédié aux CP, non loin des maîtresses, installées sur le banc. Ils couraient, criaient, se jetaient des balles de mousse dans une confusion bruyante. Valentin et Sophie restèrent plantés là un moment avant d'apercevoir le petit frère de Fabien en pleine partie de chat déli-délo. Ils s'approchèrent, esquivant les enfants lancés à pleine allure, et l'attrapèrent alors qu'il fuyait devant le chat.

« Cadenas touché terre ! s'exclama-t-il pour se protéger.

— Fabien n'est pas là ce matin ? lança Valentin sans préambule.

— Euh, il est… il est malade, répondit Jérôme en se dandinant d'un pied sur l'autre.

— Qu'est-ce qu'il a ?

— Ben, je sais pas. Il est pas bien, quoi. Je sais pas. »

Jérôme repartit d'un bond. Valentin et Sophie retournèrent lentement vers le fond de la cour et prirent place sur la banquette de pierre, le long du mur de l'immeuble qui surplombait la cour.

« Tu crois qu'on devrait passer chez lui pour voir comment il va ? demanda finalement Valentin.

— Pourquoi pas. On pourrait lui apporter les devoirs… Et à Antoine aussi. »

La journée fut d'autant plus longue qu'ils avaient hâte de la voir se terminer. Quand enfin ils franchirent la porte de l'école, leur premier soin fut de trouver une cabine pour prévenir chez eux qu'ils ne rentraient pas tout de suite. Leurs mères étaient strictes là-dessus. Traîner sans autorisation préalable, c'était risquer d'être privé de sortie pendant un bon moment.

« Je suis tombée sur la femme de ménage, souffla Valentin. J'espère qu'elle ne va pas oublier...

— Moi c'est mon frère qui a répondu. La dernière fois, il a fait exprès de ne pas passer le message. »

Antoine habitait tout près de l'école, ils commencèrent donc par se diriger vers sa rue. Quand ils frappèrent à la porte, ils étaient essoufflés et en nage. Ils allaient faire demi-tour quand la porte s'entrouvrit enfin.

« Ah, c'est vous ! lâcha Antoine, dont le visage crispé se détendit. Entrez... »

Sophie n'avait pénétré chez lui qu'à deux reprises, et elle restait fascinée par la petite taille du logement. C'était tellement mignon ! Quant à Valentin, il se demandait comment faisait son copain pour vivre sans chambre à lui. Ne pas pouvoir s'enfermer quand on en avait envie lui semblait insupportable. Mais Antoine lui avait déjà fait valoir les avantages de sa situation : sa mère le laissait sortir presque chaque fois qu'il le demandait, car elle était heureuse, elle aussi, de profiter de sa solitude. Elle lui donnait de quoi aller au cinéma, par exemple, au moins deux fois par semaine.

« Vous voulez un coca ? »

Encore une chose qui était incroyable chez Antoine : sa mère avait toujours des sodas à disposition. Et des gâteaux.

« Tu n'as pas l'air vraiment malade, se hasarda Valentin.

— Non. Mais vous ne dites rien, hein ? Ma mère voulait me voir un peu. Elle est partie il y a une heure pour une soirée promotionnelle, ou un truc comme ça…

— Tu seras présent jeudi ?

— Oui. Mais pourquoi vous êtes venus ? C'est pas la première fois que je suis absent, quand même…

— Fabien n'était pas là non plus ces deux jours, alors ça nous a fait bizarre, intervint Sophie. Déjà, samedi, il devait retrouver Valentin et il ne s'est pas pointé.

— Vous êtes allés chez lui ?

— Pas encore, tu habites plus près. On y va ensemble ?

— Jérôme nous a dit qu'il était malade, la coupa Valentin. On veut aller voir quand même. Et puis on a les devoirs… »

Antoine se fit un peu prier, inquiet à l'idée de croiser des adultes de l'école dans la rue, puis enfila un gilet à capuche et leur emboîta le pas. Pour aller chez Fabien, il fallait traverser le boulevard et le remonter, avant de prendre une petite rue adjacente. Dans le hall de l'immeuble recouvert de marbre, un interphone avait été récemment installé. Ils sonnèrent plusieurs fois avant d'entendre une voix enfantine déclarer : « Je vais chercher maman. » La voix de la mère de Fabien leur parvint enfin. Sophie se lança :

« Bonjour madame, on voudrait voir Fabien pour lui donner les devoirs s'il vous plaît.

— Il est malade, ce n'est pas possible.

— On ne restera pas longtemps, c'est promis.

— Non, vraiment, c'est impossible. Il... Il dort en ce moment. Et il a très mal à la tête, de toute façon.

— On peut monter vous donner les feuilles ? insista encore Sophie, tandis que les garçons avaient déjà reculé de trois pas.

— Non, ce n'est pas la peine ! Il... Il est trop fatigué pour travailler. »

Sophie prit congé et rejoignit les autres pour franchir le porche. Leurs pas les menèrent vers le square, où ils se faufilèrent vers leur cabane sans un mot. Ils déployèrent la bâche et s'installèrent chacun sur un coussin. Sophie saisit la boîte en fer-blanc où ils conservaient leurs friandises et l'ouvrit d'un geste décidé. En découvrant son contenu, ils restèrent muets de stupéfaction, puis Antoine, le premier, s'exclama :

« Mais !... Qu'est-ce que... ? »

Il leva un regard ahuri sur ses amis. Sophie se mit d'un bond sur ses pieds.

« Quelqu'un est venu ! glapit-elle d'une voix trop aiguë. Quelqu'un a remplacé nos bonbons par... ça ! » Elle se mit à pleurer après avoir lâché la boîte, dont le contenu s'étala sur le sol, un paquet entier de cartes à jouer dispersé, dont les figures présentaient d'étranges dessins. Antoine en saisit une pour l'examiner, tandis que Valentin tentait de réconforter Sophie. L'idée que quelqu'un se soit introduit dans leur repaire donnait corps à toutes ses angoisses.

« Je veux rentrer chez moi, lâcha-t-elle dans un sanglot.

— Je te raccompagne si tu veux, proposa Valentin.

— Je veux bien.

— Je vais rester pour relever tous les indices. Je vous retrouve chez Sophie », trancha Antoine.

Les deux autres acquiescèrent puis filèrent. Antoine repositionna soigneusement les cannisses qui dissimulaient la cabane avant de retourner s'asseoir. Il entreprit de ramasser toutes les cartes puis les regarda une par une, les tournant et retournant entre ses mains. Les dessins étaient assez fascinants, très minutieux, des sortes de personnages fantastiques se cachant dans les volutes des motifs abstraits. Parfois, c'étaient comme des rouages qui recouvraient les rectangles de carton, telles des mécaniques envahissantes, parfois des pièces d'échecs. Antoine compta trente et une cartes. Il fouilla encore, secouant la bâche, soulevant les coussins ainsi que les pierres alentour, mais il ne trouva pas celle qui manquait. Il empocha le paquet, remit tout en place et décida de passer chez lui chercher sa loupe avant de retrouver les autres. Il fallait voir de plus près ces dessins incroyables.

Fabien avançait lentement sur le boulevard. Chaque pas le faisait encore souffrir. À force de serrer les dents, ses mâchoires étaient devenues douloureuses elles aussi. Il avait insisté pour retourner à l'école et, cette fois, c'était son père qu'il avait dû convaincre. On ne voyait plus rien. Son père avait fini par acquiescer, mâchoires toujours serrées. Le regard glacial qu'il posait sur lui ne laissait pas de doute à Fabien : il n'y avait pas entre eux cette connivence, ce lien qu'il avait observé entre d'autres pères et d'autres fils. Par sa mère, même si elle ne s'interposait jamais, il se sentait aimé. Son regard était tendre, chaleureux souvent. Et quand ils étaient seuls, ses frères et elle, elle riait aux éclats à leurs plaisanteries. Il ne décelait jamais chez son père, en revanche, cette étincelle. Dès qu'elle affleurait, il chassait cette idée de peur de la formuler de manière trop claire : son père ne l'aimait pas.

Il marchait tête baissée, prenant soin de poser ses pieds au milieu des dalles du trottoir. Quand il était petit, il se lançait des défis. Si je mords sur un joint entre deux dalles, j'attire le mauvais sort. Si j'arrive au feu avant qu'il passe au vert, j'aurai de la chance toute la journée. Si quinze voitures franchissent le boulevard avant qu'il repasse au rouge, j'aurai une bonne note demain… Il avait abandonné les promesses de récompense mais continuait d'observer ces rituels, ralentissant le pas automatiquement pour traverser les rues sans avoir à s'arrêter, comptant les pavés d'une intersection à la suivante, vérifiant que le nombre de ses pas entre deux porches était toujours le même.

En approchant de l'école, il redressa la tête et s'efforça d'afficher une expression épanouie. Il détestait cet endroit, mais pour rien au monde il n'aurait laissé paraître ses sentiments. Chaque fois qu'il l'avait fait, en tout cas auprès des adultes, ses confidences lui avaient valu des déboires. Comme cette rédaction qu'il avait écrite l'année précédente. Le sujet en était : « Racontez votre plus grand chagrin. » Il n'avait curieusement pas hésité avant de se lancer, mû par le sentiment soudain que ce sujet était un appel du pied, l'autorisation de parler enfin. Il avait rempli deux pages, plus qu'il ne l'avait jamais fait.

Deux pages pour raconter ces soirs où la tension monte peu à peu, où il fait tout pour deviner comment se comporter afin que l'orage s'éloigne, et où la foudre tourne, prend un peu de champ avant que le tonnerre gronde de nouveau. La tête dans les épaules, mais le regard qui doit tout de même se détacher de la table. Avoir peur, le montrer, exacerbe la colère en face. Un mot de travers et la gifle tombe, claque dans le silence. Ne pas laisser les larmes apparaître. Mais ne pas être indifférent non plus. De toute façon, à ce stade, ça va continuer à tomber. Il est trop tard, la tempête se déchaîne. Le nez coule, des taches de sang sur la nappe. « Tu pourrais faire attention ! C'est encore ta mère qui va nettoyer ! » Nouvelle claque derrière le crâne. Il ne reste plus qu'à attendre l'autorisation d'aller se coucher. Dans le noir, Fabien pleure en étouffant ses sanglots. S'il l'entend, ça va recommencer.

Il n'avait pas dû bien expliquer… La maîtresse l'avait grondé devant toute la classe. Il n'avait pas honte de raconter des choses pareilles ? Ce n'était pas un vrai chagrin, de toute façon. S'il avait été puni, c'était bien sa faute ! Il avait baissé la tête, honteux de ses joues rouges. Antoine, assis à côté de lui, avait posé sa main sur son avant-bras en silence. Plus tard, à la récré, il lui avait glissé :

« Elle est vraiment pas sympa, la maîtresse… »

Pauvre Antoine, Fabien voyait qu'il ne savait pas bien comment exprimer sa solidarité. Et lui n'était pas capable d'en reparler.

« C'est pas grave », avait-il finalement lâché, avec un pauvre sourire.

Les autres n'avaient rien dit, mais lui avaient tendu des bonbons.

Quand il pénétra dans la cour, toujours à petits pas, la vue de ses amis qui couraient vers lui le revigora.

« Alors mon vieux, ça va mieux ? lui demanda d'emblée Valentin. Qu'est-ce que tu as eu ? »

Fabien avait préparé sa réponse.

« La grippe. Une mauvaise... C'est pour ça que je n'ai pas pu venir le samedi, désolé.

— Mon père a fait des photocopies de mes cahiers, au travail, intervint Sophie.

— Merci. »

Seul Antoine resta silencieux. En voyant le visage pâle de son copain, sa façon de marcher, les tressaillements de son visage à certains mouvements, il avait compris que la grippe n'était que façade. Fabien ne voulait pas que la véritable raison de son absence se sache, il devait respecter ce souhait. Mais il serra les poings dans les poches de sa veste de jean. Il aurait voulu pouvoir corriger le responsable. La Chose, lui, le ferait sans mal, avec sa force surhumaine ! Il imagina sa transformation, sa peau se craqueler, à mesure du gonflement de ses muscles, et devenir de pierre, impossible à blesser. Un monstre minéral qui ne craint rien et garde au fond de lui l'humanité qui fait sa force. Il court dans les rues, cherchant le méchant qui se terre où il peut. Il le domine de sa haute taille, l'attrape et le serre dans son poing. L'autre a peur, il pleure et supplie qu'on l'épargne. Mais La Chose ne croit plus à ses simagrées. Il va l'anéantir une fois pour toutes et débarrasser la Terre de...

« Antoine ! Il faut y aller ! »

Sophie n'était pas chaude pour retourner à la cabane à la sortie de l'école. L'idée que quelqu'un avait découvert leur lieu secret, avait touché leurs affaires, fouillé dans leurs petits trésors lui donnait le sentiment qu'ils ne pourraient plus jamais être tranquilles là-bas. À force d'argumenter, elle avait obtenu qu'ils aillent plutôt aux Tuileries. Antoine l'avait soutenue, trouvant judicieux de s'éloigner du quartier pour discuter, sans risque d'être espionnés. Fabien et Valentin avaient fini par se ranger à leur avis, même si la perspective d'aller rive droite ne les enchantait pas. Ils trouvaient les Tuileries lugubres, avec leurs statues et leurs arbres bien rangés, la poussière soulevée par les pas de ceux qui les traversaient rapidement. Le seul intérêt en était les bateaux que l'on pouvait louer sur le bassin proche du carrousel.

Mais l'ambiance n'était pas au divertissement. Ils descendirent dans un parterre en contrebas, ancien bassin où les enfants avaient l'habitude de jouer au foot, et s'installèrent sur la margelle d'un des demi-cercles qui le fermaient. Antoine sortit les cartes de sa poche.

« Il en manque juste une, pourtant j'ai bien cherché...

— C'est laquelle ? intervint Sophie.

— Je n'ai pas eu le temps de tout passer en revue. Voyons... »

Antoine entreprit de faire des tas par couleur, puis ils s'affairèrent à classer les cartes. Fabien participa pour la forme. Dans la poche arrière de son jean, le Roi de trèfle lui semblait incandescent. Pourquoi n'avait-il pas dit tout de suite à ses copains qu'il avait cette carte ? Quand Jérôme était venu le chercher à la cabane, le samedi, paniqué parce que leur père était rentré plus tôt que prévu et fulminait de constater que Fabien n'était pas à la maison, il avait fourré la carte dans sa poche sans y réfléchir, puis était rentré en courant. « Comment cette fouine de Jérôme avait-il pu trouver leur cachette sans qu'ils s'en rendent compte ? » s'était-il demandé tout le trajet. La fureur de leur père avait relégué ces considérations au dernier plan. Heureusement, le jean n'était pas passé à la machine, et Fabien avait retrouvé la carte le matin même. Il pensait raconter son histoire à la récré, et puis au moment de le faire quelque chose l'avait retenu, qu'il ne s'expliquait pas vraiment. Il n'avait plus envie de jouer. On leur faisait une blague, et alors ? Son père avait raison, il se perdait dans les enfantillages, mais la vie n'était pas un jeu.

« Roi de trèfle ! s'exclama finalement Valentin.

— Vous croyez que c'est fait exprès ? interrogea Sophie sur un ton préoccupé qui les plongea dans un abîme de réflexion.

— On ne peut pas l'exclure, trancha Antoine. Il faut qu'on fasse des recherches. Regardez les dessins sur les cartes, ils sont incroyables ! »

Ils s'échangèrent les cartes en silence pour les observer une à une, puis, après un moment, Antoine se leva d'un bond.

« J'ai trouvé ! C'est comme un puzzle ! Si on arrive à le reconstituer, on va comprendre.

— C'est peut-être une carte au trésor, renchérit Valentin. Ou un message secret…

— Il ne faut pas faire ça dans l'herbe, trancha Sophie. Il nous faut une table. On peut aller chez moi, si vous voulez.

— Moi, il va falloir que je rentre, lâcha Fabien. Vous me direz...

— On ferait mieux d'aller à la bibliothèque, le coupa Antoine. Il y a sûrement des livres où on pourra trouver des informations ! »

Ils se levèrent d'un bond et remontèrent vivement. Fabien, pour sa part, peina, les côtes encore très endolories. Antoine se tourna vers lui alors qu'il enjambait la bordure de métal et lui tendit la main.

« Ça va, t'inquiète.

— Tu es sûr que tu ne veux pas venir ?

— Je ne peux pas. »

Antoine hésita puis renonça à insister. Quelque chose dans l'expression résignée de Fabien l'en dissuada.

Quand ils se séparèrent, au coin du boulevard, Fabien les regarda s'éloigner avec un pincement au cœur. Puis il pensa à la carte, dans sa poche arrière. Il allait l'examiner à la loupe, son Roi de trèfle, et faire son enquête de son côté. Du moment qu'il restait dans la chambre, son père ne dirait rien. Ce qu'il voulait, c'était l'avoir sous la main. Ce n'était peut-être pas un jeu, après tout, mais un message ? En tout cas, ça l'occuperait.

En montant les trois étages qui menaient à l'appartement, Fabien sentit le stress habituel reprendre possession de son corps et de son esprit. Une boule au creux de l'estomac, les battements de cœur plus marqués, l'envie de fuir sans se retourner. Il annonça son retour dès la porte franchie et sa mère, depuis la cuisine, lui répondit d'une voix claire. Il devait être absent. Fabien en eut la confirmation en voyant son frère manger une tartine au sucre. Ils n'avaient pas droit à la confiture, mais quand elle le pouvait, leur mère les autorisait à se confectionner cette douceur.

« Tu as le temps d'en prendre une, si tu veux, lui glissa-t-elle avec un sourire.

— Je n'ai pas faim. Merci. Je vais dans ma chambre. »

Pourquoi avait-il refusé ? En s'installant à son bureau, il sentit la salive lui venir à la bouche, malgré lui. La sensation du sucre et du beurre mêlés ajoutés à la baguette fraîche lui fit soudain terriblement envie. Mais pas question de retourner dans la cuisine. Sa mère leur proposait toujours des douceurs après une grosse crise, et Fabien ne pouvait s'empêcher d'y voir une façon de rattraper ce qui s'était produit, comme si quelques grammes de sucre allaient effacer les souvenirs. Quand l'étincelle s'allumait dans le regard de son père, sa mère rentrait la tête dans les épaules et cherchait une occupation qui l'affairerait. Elle fuyait. Maintes fois il l'avait suppliée du regard de faire quelque chose pour lui. Plus jeune, il pleurait son nom. Mais elle n'avait jamais bougé. Il avait appris à endurer en silence. Une fois, elle avait même essayé de lui expliquer pourquoi son père se comportait ainsi. La tension de son travail, le stress du marché de l'emploi très morose, le poids d'une famille à entretenir. Parce qu'il l'avait écoutée sans moufter, elle avait peut-être cru qu'il adhérait à ses pauvres arguments. Mais ce qu'il avait vu clairement, c'était sa défaite, son abdication et, au fond, sa responsabilité. Il l'avait vue abandonner Jérôme comme elle l'avait fait trois ans plus tôt avec lui et gardait de la scène une image glaçante. Elle les livrait à l'ogre qui vivait avec eux. Sa tranquillité contre ses garçons. Les contes de fées ne racontent pas autre chose. Ils ont dû être écrits par d'anciens enfants, comme une mise en garde qui a traversé le temps. Voilà pourquoi son père se mettait en colère quand il entendait leur grand-mère leur en faire la lecture, en vacances. « Arrêtez donc de leur mettre des sornettes dans la tête ! » lui intimait-il.

Jérôme vint s'installer à son bureau et ouvrit son cahier de brouillon. Jusqu'à l'heure du dîner, il allait rester figé à contempler les problèmes qu'il avait déjà résolus. Donner l'impression qu'il étudiait était sa façon de passer entre les gouttes. Ils ne parlaient presque jamais, dans leur chambre, de peur que leur père les entende, et avaient cessé d'afficher la moindre complicité, car c'était aussi un déclencheur.

Fabien avait glissé la carte dans son cahier de manière à pouvoir la cacher à la moindre alerte. Il sortit une loupe et commença à étudier les dessins. Antoine avait raison, cela pourrait être un puzzle : les lignes s'interrompaient au bord du carton… Ce qu'il avait d'abord pris pour des pièces d'échecs pouvait aussi être des sortes d'automates. On voyait des rouages enchevêtrés. Roi de trèfle… Peut-être chaque carte avait-elle son propre univers ? Il ouvrit son Larousse et le feuilleta rapidement. Trèfle : anciennement, cela représentait l'argent. Voulait-on les mettre sur la piste de quelque chose ? Son cerveau entra en ébullition et il se prit à échafauder toutes sortes d'hypothèses : indice pour une piste au trésor, plaisanterie, quiproquo… En tout cas, la carte ne pouvait pas être arrivée par hasard. D'autant que, il en était sûr, le Roi de trèfle était seul quand il l'avait trouvé. Il vérifiait toujours la boîte aux trésors, et il était certain de l'avoir fait ce jour-là. Presque certain… La carte lui était-elle personnellement destinée ?

Quelqu'un aurait-il pu la placer en le voyant approcher et s'éclipser en toute discrétion ?

La porte d'entrée claqua lourdement. Fabien cacha la carte d'un geste vif et choisit au hasard un exercice dans son Bled. Son père aimait bien le voir étudier la grammaire.

Les trois autres s'étaient finalement rendus chez Valentin, Sophie craignant de voir ses frères intervenir bruyamment et se moquer d'eux, comme ils l'avaient déjà fait en l'absence des parents. Installés à plat ventre sur la moquette de la chambre de Valentin, ils avaient étalé le jeu de cartes et cherchaient à combiner les différents motifs pour y déceler un sens. Ils avaient d'abord rangé les cartes par ordre de couleur et de valeur, sans résultat. Puis juste par valeur, les figures entre elles et ainsi de suite. Pas plus de sens.

« Il n'y a plus qu'à les étaler pour voir si des lignes correspondent..., lâcha Antoine en se grattant la tête.

— Allons-y, bonne idée », répliqua Valentin en sautant sur ses pieds.

Il entreprit de pousser ses meubles pour faire de la place, reléguant son siège de bureau près de la fenêtre, et ramassant vivement les Lego qui traînaient par terre. Puis ils s'absorbèrent dans l'examen des cartes qui, déjà beaucoup manipulées, commençaient à montrer des signes d'usure.

« Il ne faudrait pas que les dessins s'effacent, dit Sophie, soucieuse.

— On pourrait les décalquer ! s'exclama Valentin. Mon père a un rouleau entier de papier-calque, je suis sûr qu'il voudrait bien m'en donner !

— Regardez ! les interrompit Antoine. Ces deux-là vont ensemble ! Vous avez vu ? »

En parlant, il avait délicatement poussé deux cartes l'une vers l'autre, et les entrelacs de leurs dessins, effectivement, s'accordèrent parfaitement.

« Un huit de trèfle et un trois de pique. Quel rapport ? Deux noires…

— Il faut de la logique, trancha Sophie d'un ton quelque peu péremptoire. Partons du trois de pique et voyons si une autre carte pourrait correspondre. Je m'en occupe. Vous, vous cherchez ce qui pourrait aller avec le huit de trèfle ! »

Pendant cinq minutes, un silence affairé régna. Antoine soupirait régulièrement, comme à son habitude, ce qui avait le don d'agacer Sophie. Elle interprétait cela comme de l'ennui de sa part, et se sentait personnellement responsable, alors qu'elle faisait toujours des efforts pour trouver des terrains d'entente avec ses amis. À l'âge où les filles et les garçons commençaient une séparation qui allait durer jusqu'à la fin du collège – elle l'avait observé avec ses frères – elle était heureuse que leur groupe résiste. Au bout d'un moment, elle n'y tint plus.

« Mais pourquoi tu souffles comme ça ? s'exclama-t-elle. Ça va, c'est si pénible ? »

Antoine leva vers elle un regard ahuri.

« Mais de quoi tu parles ?

— De tes soupirs. Tu passes ton temps à souffler. Pourquoi tu fais ça ? »

Antoine hésita avant de répondre. Sa mère lui reprochait aussi ce qu'elle appelait « sa manie », et quand il avait voulu lui en expliquer les raisons, la première fois qu'elle l'avait repris, elle avait balayé sa confidence.

« Oh, tu es stressé ! Pauvre petit chou ! » s'était-elle exclamée d'un ton moqueur.

Sa voix avait brusquement changé de timbre en même temps que d'intonation, et ses cris avaient secoué Antoine au point de lui tordre l'estomac.

« Tu oses me dire ça alors que je me tue à la tâche pour que tu aies une vie confortable, que tu sois bien habillé, que tu puisses t'amuser avec tes copains ? Et quand est-ce que je m'amuse, moi ? Hein ? Tu peux me le dire ? Ton égoïsme est vraiment sans limites ! »

Antoine l'avait écoutée sans se défendre, de plus en plus malheureux. Ce n'était pas la première fois que sa mère se plaignait de ce qu'elle devait faire pour lui, mais il pensait que ses efforts pour l'aider la soulageaient. Il allait faire les courses, avait appris à cuisiner des plats simples, descendait les poubelles, ne lui demandait jamais d'aide pour ses devoirs… Après cette scène, il s'était attaché à contrôler son souffle pour ne pas énerver sa mère. Mais en dehors de la maison, jusque-là, il n'avait pas pensé que cela puisse être aussi un problème.

Le regard de Sophie était résolument fixé sur lui, il fallait répondre. Sa gorge fut sèche tout à coup, et ses mains moites. Quelle tuile !

« Je fais ça pour décompresser, lâcha-t-il finalement, les yeux au sol.

— Tu laisses sortir la vapeur ? Comme un train ? gloussa Valentin.

— Tais-toi donc ! » le tança Sophie.

Elle posa une main sur l'épaule d'Antoine avant de continuer.

« Mais c'est à cause de nous ? Tu trouves qu'on te met la pression ?

— Pas du tout ! répondit vivement Antoine. Mais non, pas du tout ! C'est juste la situation. Et puis respirer profondément et soupirer, ça m'aide à réfléchir. Je suis désolé, enchaîna-t-il, je ne voulais pas vous énerver, je ne le ferai plus.

— Tu peux soupirer autant que tu veux, maintenant que je sais pourquoi. J'avais peur que... »

Ce fut le tour d'Antoine de la fixer, interrogatif. Peur ? Sophie avait peur ?

« J'avais peur que tu en aies assez... »

Sophie ne termina pas sa phrase, voyant Antoine sauter sur ses pieds.

« Assez ? De vous ? Tu rigoles ! Sans vous, ma vie ne vaudrait pas la peine ! On est les Quatre Fantastiques, oui ou non ?

— Oui ! » s'exclamèrent Sophie et Valentin en se levant d'un bond à leur tour.

Ils prirent les poses étudiées de leur personnage, Sophie les mains sur les hanches, sourcils froncés et tête légèrement baissée, Antoine de face, les épaules levées et les bras écartés du corps, et Valentin un bras en avant, prêt à jouer de sa légendaire souplesse.

« Je me demande pourquoi Fabien n'a pas pu venir, lâcha Valentin, dépité.

— J'ai l'impression que..., commença Antoine.

— Que quoi ? l'interrogea Sophie alors qu'il hésitait à reprendre.

— Qu'il cache quelque chose, se décida-t-il finalement. Qu'il a un problème.

— Tu crois ? Mais pourquoi… ? »

Valentin ne termina pas sa phrase. Cela faisait trop d'énigmes pour lui. Ne pouvaient-ils se concentrer sur les cartes ? Ça, c'était intéressant.

Antoine hésitait à continuer. Il avait l'impression qu'il allait trahir un secret. Avait-il le droit de faire part de ses soupçons ? de ses suppositions ? S'il avait tort, Fabien serait furieux qu'il se soit mêlé de ses affaires et ait répandu des contrevérités. Et s'il avait raison… S'il avait raison, ni lui ni ses copains ne pourraient faire grand-chose.

« J'ai l'impression que chez lui, ce n'est pas simple, lâcha-t-il finalement.

— Ça c'est sûr ! s'exclama Valentin. Avoir deux petits frères, c'est pas gai. Pff ! il faut tout le temps faire attention aux plus petits, on est toujours responsable dès qu'il arrive quelque chose…

— Ça n'a rien à voir ! le coupa un peu sèchement Antoine. Sa mère nous a dit qu'il avait eu la grippe, mais quand il est revenu, j'ai eu plutôt l'impression qu'il avait mal partout…

— Mais qu'est-ce qui aurait pu lui arriver ? s'alarma Sophie. Tu crois qu'il a eu des problèmes ? qu'il a été agressé ?

— Ce qui m'inquiète, c'est qu'il ne nous en ait pas parlé, poursuivit Antoine. On est presque toujours ensemble, ça ne peut pas être une agression. »

Comme les deux autres restaient cois, il inspira profondément avant de poursuivre.

« Je crois que c'est chez lui que ça se passe. »

Valentin baissa les yeux vers la moquette tandis que Sophie les planta dans ceux d'Antoine. Mais aucun des deux ne dit mot.

En formulant ses craintes à haute voix, Antoine avait senti l'accablement l'envahir. Le silence de ses amis le conforta dans le sentiment d'impuissance qui le terrassait. Lui-même avait tourné et retourné la question sans réussir à déterminer sous quel angle l'attaquer. Fabien avait évoqué la situation une fois, dans sa rédaction, mais personne ne semblait s'en souvenir. La maîtresse l'avait balayée avec mépris. Se tourner vers leurs parents ? Antoine avait tenté d'en parler à sa mère, un jour où elle était de bonne humeur. Il avait évoqué un vague copain, lui avait demandé comment il pouvait réagir. « Ce que tu vas commencer par faire, avait répliqué sa mère, c'est ne pas te mêler de ce qui ne te regarde pas ! Ce sera un bon début ! » Sa mauvaise humeur était montée aussi vite qu'un lait qui bout. « Vous êtes vraiment des enfants gâtés, ce n'est pas croyable ! Avec vous, il faudrait tout laisser passer. À peine on vous interdit quelque chose que vous criez aux mauvais traitements. Qu'est-ce que tu sais de ce qui se passe entre les parents et les enfants ? Hein ? De moi aussi tu vas aller te plaindre ? » Devant l'œil furieux de sa mère, Antoine avait battu en retraite le plus vite possible.

Sophie avait souvent reçu des gifles de sa mère, dont certaines lui avaient laissé la joue rouge un bon moment. C'était une sorte de fatalité. Certains jours, sa mère était hors d'elle, irascible, exaspérée au moindre mot de ses enfants, et il valait mieux, alors, être hors de portée. Ses frères en avaient aussi fait les frais, mais depuis leur entrée dans l'adolescence, ils passaient plus souvent entre les gouttes. Ils dominaient maintenant leur mère d'une bonne tête, elle avait donc développé d'autres stratégies pour les mater. Par exemple en les habillant comme des enfants des années cinquante ou en les humiliant en public quand elle voulait se venger d'une offense. Sophie avait beau avoir des griefs sérieux contre ses frères, elle éprouvait un grand malaise quand elle assistait à ces scènes. Mais il fallait se rendre à l'évidence, tant qu'on vivait chez ses parents, on leur appartenait, en quelque sorte. On était à leur service et il fallait bien leur obéir. Leur mère le leur faisait sentir tous les jours et leur père opposait un silence las à leurs demandes muettes de protection. Les tracas domestiques étaient bien en dessous de ses préoccupations. Il rapportait de quoi vivre confortablement à la maisonnée, il exigeait la paix en retour.

« On continue le puzzle ? » demanda Valentin d'une voix blanche. Il ne voyait pas bien comment intervenir, cela le dépassait. Il aurait voulu ne pas entendre ce qu'Antoine avait suggéré. Ne pas avoir à faire entrer ça dans son monde. On ne pouvait pas penser que les parents pouvaient être méchants, il fallait l'évacuer aussi vite que c'était venu. Résoudre l'énigme des cartes, ça c'était pour eux. Le monde des adultes était bien trop incompréhensible, bien trop complexe. Ils s'ennuyaient, discutaient d'argent, d'affaires, de scandales et de politique, des sujets qui lui passaient bien au-dessus de la tête, et auxquels il s'était secrètement juré de ne jamais s'intéresser. Comme une promesse faite à son futur lui-même, un serment aussi solennel que secret. Qui englobait aussi le mariage – jamais !

– et toute approche considérée comme sérieuse de la vie. Il travaillait à l'école, pas le choix, mais préparait en secret sa future vie d'aventurier. Il partirait dès que son âge le contraindrait à un comportement « de grand », comme Huckleberry Finn ! Il n'aimait pas ce que ce monde lui réservait.

« Je me fiche que tu aies des problèmes financiers en ce moment ! La pension, ce n'est pas en option ! Comment tu crois que je vais habiller ton fils ? Je te donne jusqu'à la fin de la semaine pour me faire le virement, ou je retourne devant le juge ! »

Valentin écouta le message de son ex avec une grande lassitude. Toujours la même rengaine. Il n'avait pas décroché, ne voyant pas l'intérêt d'une énième conversation agressive et stérile. Elle avait absolument voulu un enfant, l'avait supplié – il n'avait pas été très long à convaincre, toujours porté par les envies des autres – et l'avait jeté dès qu'elle s'était retrouvée enceinte. La chose qui l'avait le plus gêné, lui, c'était l'image que ça renvoyait : un type qui ne prend pas ses responsabilités. Mais ce n'était vraiment pas ça… Juste qu'il en avait assez d'être considéré comme un géniteur-vache à lait. Son fils, il ne le voyait jamais. Ou vite fait, entre deux portes. Elle prétendait qu'il ne voulait pas venir dormir chez lui, qu'il était trop sensible, que le psychologue avait dit qu'il ne fallait pas le forcer… Ce qu'il comprenait, lui, c'était qu'elle avait monté un plan parfait : avoir l'enfant pour elle toute seule, sans le père mais avec la pension. Gros progrès depuis les années soixante…

Avec son premier fils, qui avait maintenant vingt et un ans, il avait réussi à construire quelque chose. Pas tout de suite, mais au moment de l'adolescence, quand sa mère avait été obligée de l'écouter et de le laisser aller chez son père à sa guise. Ils avaient joué à la console ensemble, ça crée des liens. Valentin savait bien qu'il avait eu le beau rôle avec lui, celui du papa qui n'impose rien mais propose tous les loisirs les plus cool. Mais bon, c'était un juste retour des choses, après tout. Là non plus, il n'avait pas vraiment été consulté au moment de la fécondation…

« Alors ? lui demanda Sophie tout en vérifiant ses mails.

— Je vais lui envoyer un chèque demain. D'une partie… ça la calmera. »

Sophie ne commenta pas. C'était tellement passif-agressif de faire un chèque alors que les virements étaient bien plus faciles… Mais elle avait eu déjà mille fois cette conversation avec Valentin et ne voulait surtout pas la reprendre maintenant. Dans quinze minutes, à en croire le GPS du taxi, ils seraient à leur rendez-vous avec Antoine et cette perspective la stressait.

Tout était allé tellement vite. Elle essayait de réfléchir à ce qu'elle lui dirait, mais les phrases se bousculaient sans qu'elle trouve la bonne approche. Elle ressentait cette colère qui la tenait depuis des années mais ne pouvait pas la déverser sur lui d'emblée. Derrière venait la curiosité de savoir, de comprendre enfin ce qui avait bien pu causer leur disgrâce, trente ans plus tôt. La fin des interrogations obsessionnelles qui la torturaient parfois, la nuit, lors de ses insomnies.

Ces heures obscures où toute question prenait l'allure d'un voile sombre étouffant l'espoir et noyant les perspectives dans un gruau de présages funestes. Elle se tournait et retournait, cherchant une portion de son oreiller encore fraîche, tentait de respirer profondément pour relaxer son corps, mais son esprit refusait de céder, de cesser de battre la campagne et d'échafauder des théories plus déprimantes les unes que les autres. Quand le jour arrivait, elle était épuisée, furieuse contre elle-même de n'avoir su se détacher, prendre du recul comme tous les ouvrages de développement personnel qu'elle avait lus le conseillaient. Elle se disait parfois qu'elle devrait consulter, mais la perspective de passer en revue tous les échecs de sa vie lui semblait insurmontable. Elle préférait s'arranger avec ses démons, les noyer de temps en temps dans un bon vin et réécrire l'histoire à sa guise, quand personne n'était là pour la contredire.

Ils traversaient la Seine. Plus que quelques minutes.

Antoine avait choisi une table donnant sur la rue de Bourbon-le-Château, le plus loin possible de la baie vitrée, dans l'angle, et attendait depuis une quinzaine de minutes lorsqu'il aperçut Sophie et Valentin déboucher de la rue de Buci. Il s'était installé en avance à dessein, pour les voir le premier et ne pas être obligé de masquer ses émotions immédiates. Il pourrait ainsi observer les leurs, quand ils le verraient à leur tour. Il fut tout de suite frappé par la ressemblance entre ses deux amis. Mêmes silhouettes plutôt longilignes, même blondeur – qui tirait maintenant vers le gris. Déjà lorsqu'ils étaient enfants, on les prenait souvent pour des frère et sœur. Leur vieillissement lui sauta aux yeux. Évidemment, cela faisait si longtemps… Il les visualisait toujours avec leur allure de la vingtaine, alors qu'ils traînaient tous trois en jean et pull. Là entraient dans le café un homme en costume, cravaté, et une femme en tailleur strict. Comme s'ils étaient déguisés, songea-t-il. Tout ce dont nous ne voulions pas à l'époque.

Ils étaient toujours à l'entrée, près du bar, cherchant leur ami du regard. Quand ils le virent enfin – Antoine avait fini par agiter la main pour leur signaler sa présence – ils avancèrent d'un pas peu assuré. Le temps d'intégrer ma nouvelle apparence, songea Antoine. Lui aussi avait vieilli, évidemment, sa chevelure était devenue poivre et sel, même si son visage gardait une certaine fraîcheur.

« Salut. »

Sophie se pencha vers lui pour lui faire la bise, et Valentin hésita avant d'approcher à son tour son visage. Ils prirent place face à lui, enchaînant les phrases inutiles pour éviter que le silence s'installe.

« Je vais poser mon imper à côté de toi, si ça ne te dérange pas, glissa Sophie.

— Attends, je mets le mien aussi, compléta Valentin. On a eu de la chance, on a trouvé un taxi tout de suite. On ne voulait pas prendre le métro, à cette heure-là, c'est bondé. Toi, tu es venu à pied, j'imagine ?

— Oui. »

Antoine se demanda s'il avait envie de faciliter la conversation. Il avait accepté de les voir par curiosité, et peut-être aussi, d'une certaine façon, par culpabilité. Il n'avait pas voulu rompre avec eux, quand il était parti, mais il n'avait pas eu le choix. Comment le leur faire comprendre ? Et cela valait-il encore la peine ?

« Ça fait drôle de se revoir après tout ce temps, non ? » se décida à lâcher Valentin.

Cette phrase lui tournait dans la tête depuis le coup de fil, il ne parvenait pas à le formuler autrement. Toutes ces années, des vies construites, des amours et des ruptures, des enfants, et ils se retrouvaient là, tous les trois, dans le quartier de leur enfance... Maintenant qu'il regardait Antoine dans les yeux, il retrouvait l'éclat de son regard, sa façon de fixer son interlocuteur tout en jetant de rapides coups d'œil autour de lui. En fait, il a l'air stressé, conclut-il comme une révélation. Peut-être autant que moi.

« Oui, c'est sûr, ça fait drôle. Mais on n'a pas vraiment changé, si ? » renchérit Sophie.

Antoine se décida à sourire. Un grand et franc sourire qu'il ne put retenir. C'était vrai qu'ils n'avaient pas changé ! Sophie voulait se donner l'air d'être sûre d'elle-même, mais elle quémandait une approbation tandis que Valentin arborait sa mine de bon garçon ayant envie de bien faire.

« Non, on n'a pas changé tant que ça...

— Désolé pour ta mère, dit Sophie sans savoir comment poursuivre.

— Merci. Tu sais, je ne l'avais pas vue depuis des années, alors... »

La phrase resta en suspens. Sophie se demandait si elle devait formuler sa pensée, lui dire que, malgré tout, perdre un de ses parents, quand bien même on n'avait plus vraiment de contact avec lui, c'était un choc. La fin de toute possibilité de réconciliation, que ça faisait remonter le passé et les regrets… Son père était mort quinze ans plus tôt d'un cancer mal diagnostiqué. À cette époque, elle voyait déjà ses parents le moins possible, toujours en coup de vent. Ses frères avaient chacun des enfants, et leurs épouses étaient des belles-filles parfaites, aimables, pondérées, toujours souriantes… Elles ne manquaient aucune fête de famille, y apportaient des plats succulents, habillaient leurs enfants de bleu marine et ne contredisaient jamais leur belle-mère. Sophie observait ses frères, avec leurs familles comme-dans-les-livres, prendre des allures de patriarches tout en la regardant avec une certaine commisération. Rien de ce qu'elle faisait ne trouvait grâce à leurs yeux. Elle n'était pas assez souriante, pas assez gentille, pas assez conciliante. Pas étonnant qu'elle ne trouve pas de mari, avaient-ils l'air de penser. Évidemment, s'ils s'en tenaient à l'impression qu'elle donnait lors des réunions de famille, ils n'avaient pas vraiment tort. Dès qu'elle arrivait, Sophie sentait poindre en elle ce qu'elle désignait comme son « double maléfique » lorsqu'elle racontait la scène à ses amies. Tout l'agaçait, et elle avait envie de tout tourner en dérision. Cette façon qu'avait leur mère de s'adresser à ses belles-filles avec une condescendance à peine souriante – Sophie savait qu'elle trouvait l'une gourde et l'autre sans-gêne –, de redresser le col de ses fils en tendant la joue pour qu'ils l'embrassent, de passer la main sur la tête des enfants avant de les envoyer jouer dans une chambre et de lui demander, une fois chacun installé à table, ce qu'elle avait bien pu faire de sa nuit pour avoir une mine pareille. Sophie avait compris que la froideur et la dureté de sa mère à son égard étaient proportionnelles à la distance qu'elle instaurait. Elle aurait pu revenir aux relations précédentes, lorsqu'elle passait voir ses parents au moins trois fois par semaine et qu'elle écoutait sa mère se plaindre des uns et des autres en acquiesçant systématiquement. Elle aurait pu redevenir la fille obéissante d'une mère qui considérait toute indépendance d'esprit comme une provocation, et tout avis contraire au sien comme une déclaration de guerre. Elle aurait pu se faciliter les choses en continuant d'accepter l'argent que sa mère lui glissait tous les mois pour lui permettre, disait-elle, d'avoir un train de vie correct. Elle aurait pu faire tout cela, mais alors il lui aurait fallu ignorer sa voix intérieure, celle qui lui susurrait que sa mère voulait la posséder, diriger sa vie, et qu'elle n'était plus enfant pour être obligée de supporter cela.

Quand son père était tombé malade, sa mère s'était installée dans le rôle de l'épouse dévouée et tellement courageuse, imposant le respect à grand renfort de mensonges. Sophie l'avait vue à l'œuvre, construisant sa légende dorée. Il était impossible de poser une question sur l'état de santé exact de son père, car elle interdisait d'une part la moindre allusion à sa maladie devant lui – « Il est si fragile, faisons comme si de rien n'était » – et monopolisait d'autre part les relations avec les médecins du service d'oncologie, refusant que ses enfants y aient accès – « Ils sont suffisamment dévoués, n'allez pas leur faire perdre leur temps ! » Ils avaient donc subi les hauts et les bas que leur mère leur infligeait, un jour les convoquant pour leur dire que tout était perdu, et une semaine plus tard leur tombant dessus en leur reprochant des propos pessimistes. Leur père était mort seul à l'hôpital alors que, par un dernier mensonge, elle les avait empêchés de s'y rendre à temps. Depuis, Sophie vivait dans le remords de n'avoir pas insisté, de ne pas s'être imposée, et le ressentiment envers sa mère.

« Et puis elle n'était pas très sympa avec toi. »

Cet art qu'avait Valentin de mettre les pieds dans le plat ! Sophie sentit son estomac se serrer. Ils venaient à peine de retrouver Antoine, était-il vraiment opportun d'aborder des sujets pareils ?

« Pas très, non, on peut dire ça comme ça. C'est la vie », conclut Antoine d'un ton détaché.

Un bref silence s'installa, ponctué de sourires gênés.

« Alors, vous vivez toujours à Paris ? poursuivit-il finalement.

— Oui, dans le onzième, répondit Valentin avec un empressement qui trahissait son soulagement de revenir à un sujet de conversation plus facile.

— Moi aussi. C'est un quartier vraiment sympa. Bien sûr, maintenant il y a de plus en plus de bobos, mais…

— Vous en faites un peu partie, non ? l'interrompit Antoine avec une lueur de moquerie dans les yeux.

— Ça dépend de ce que tu entends par là, répondit prudemment Sophie. C'est devenu péjoratif, alors non, je ne me reconnais pas dans le snobisme et l'hypocrisie de vivre avec des valeurs baba cool mais en dépensant beaucoup d'argent. Ce qui est sûr, c'est que nous ne vivons pas avec les valeurs qui ont guidé nos parents…

— Je ne voulais pas t'offenser, la coupa Antoine en sentant que Sophie se crispait à mesure qu'elle se justifiait. C'était juste une boutade. Tu sais, je suis parti depuis longtemps alors je ne suis pas forcément au fait des subtilités parisiennes.

— Et justement, intervint Valentin, tu vis où maintenant ? »

Sophie eut l'impression qu'il hésitait à leur répondre, pendant un instant.

« En Espagne. Dans le Sud. Pas loin de Malaga. La plupart du temps.

— Ah… et tu fais quoi là-bas ?

— Je suis graphiste. Je crée des identités visuelles, et d'autres types de travaux, aussi. »

Valentin hocha la tête plusieurs fois. À mesure qu'Antoine racontait la qualité de vie qu'il avait trouvée en Espagne, Valentin reconnaissait ses expressions familières, sa gestuelle, et même ses petits mouvements de lèvres, sa façon de les frotter l'une contre l'autre, comme s'il répartissait du Dermophil indien. Il avait l'impression que le petit garçon puis l'adolescent qu'il avait connus sortaient peu à peu de leur cachette, qu'ils apparaissaient derrière les allures d'homme.

Ils avaient commandé des verres de vin rouge, une première puis une deuxième tournée, et les sourires se faisaient maintenant plus détendus.

« Tu avais eu la lettre que je t'ai envoyée après ta… ton départ ? »

Sophie avait manqué dire « ta disparition », mais elle s'était reprise, ne voulant pas céder à la grandiloquence. La bonne humeur ambiante vacilla un bref instant.

« Quelle lettre ? Quand ?

— Quand tu as cessé de nous donner des nouvelles, tu sais… Je t'ai écrit. Je…

— Je n'ai rien reçu, la coupa Antoine. J'imagine que tu as écrit chez ma mère ? J'ai coupé les ponts avec elle à ce moment-là. »

Il n'ajouta rien. Sophie but une gorgée de son vin le temps de réfléchir. Allait-il vouloir savoir ce qu'il y avait dans cette lettre ? Devait-elle lui expliquer ce qu'elle contenait ? Ou laisser le passé à sa place ? Elle était heureuse de ce moment avec lui. Heureuse de voir qu'ils avaient toujours, tous les trois, la même facilité à blaguer, qu'ils retrouvaient peu à peu une complicité malgré les années d'absence.

Elle se souvenait avec une grande acuité des heures qu'elle avait passées à écrire cette lettre. À choisir les mots, à laisser libre cours à sa plume pour ensuite tout rayer, de peur que ses expressions soient trop dures, trop définitives. Elle était enfermée dans sa chambre, avec pour seul éclairage sa lampe de bureau, afin que la lumière sous la porte n'alerte pas sa mère. Depuis que ses frères étaient partis étudier dans des écoles de commerce et d'ingénieur de province, l'attention quotidienne était focalisée sur elle. Quelle idée elle avait eue de s'inscrire à la Sorbonne ! Antoine ne donnait plus signe de vie depuis plus de deux mois et, passé l'inquiétude, la colère commençait à la ronger. Une colère teintée d'un désarroi profond. Qu'avait-elle fait – qu'avaient-ils fait – pour mériter cela ? Ce silence plus violent que n'importe quelle dispute.

C'était l'année de leurs vingt ans. Antoine, après une année dans un atelier d'art, avait réussi le concours des Arts déco. Valentin était inscrit en fac de droit, sans grande conviction, et elle étudiait l'histoire tout en se demandant où ça allait la mener. Elle avait commencé par une hypokhâgne afin d'éviter les conflits avec sa mère, pour qui l'université était un pis-aller, mais n'avait pas ressenti de motivation suffisante pour continuer. Le rythme de travail était trop intense pour elle, et les thèmes trop restreints pour satisfaire sa soif de découvertes. Elle savait qu'elle n'entrerait jamais à Normale sup, et l'enseignement ne l'attirait absolument pas. Une école de communication, peut-être ? Elle se débattait entre ses envies et ce qui serait acceptable pour sa mère, de plus en plus angoissée à mesure que la fin de l'année scolaire approchait. Et Antoine qui ne répondait plus… Il l'avait encouragée à quitter la prépa pour faire de l'histoire. « Tu comprends, lui avait-il expliqué, ce qui compte ce sont tes envies profondes. Si tu les suis, tu ne seras jamais malheureuse. Mais si tu te diriges dans une voie par dépit, ou à défaut, un jour tu te retrouveras dans une impasse… » À cette époque, ils avaient découvert le café Chez Georges, rue des Canettes, et s'y retrouvaient presque tous les jours, en fin d'après-midi. Quand Sophie était en avance, elle révisait ses cours en attendant ses amis. Souvent, Antoine croquait les habitués, accentuant sa nonchalance pour ne pas attirer l'attention de ses modèles. Valentin, qui venait pourtant de la rue d'Assas toute proche, était régulièrement le dernier. Il râlait et soufflait, clamant sa détestation de la filière qu'il avait été tenu de choisir et incapable de se décider à faire autre chose. Sophie se souvenait encore de l'euphorie qu'ils avaient ressentie au moment des résultats du bac : reçus tous les trois ! Fini le lycée ! Ils étaient libres, dorénavant ! Ils avaient partagé le sentiment que leur vie allait réellement commencer, qu'ils accédaient enfin à l'âge adulte. Cet été-là avait été inoubliable. Léger. Euphorique. Ils avaient acheté une carte InterRail et avaient sillonné l'Europe, dormant dans les trains de nuit ou les auberges de jeunesse, croisant des étudiants de toutes les nationalités et testant les habitudes festives des différents pays.

Un soir, à Berlin, devant le mur, à l'endroit même où Rostropovitch, quinze mois plus tard, allait jouer du violoncelle, ils avaient évoqué le souvenir de Fabien.

« Tu te souviens de l'élection de Mitterrand ? Quand ton cousin, qui faisait son service militaire à Berlin, était persuadé que le secteur français allait passer dans le camp soviétique ? avait lancé Antoine sur un ton où l'humour tentait de masquer l'émotion.

— Tu parles si je m'en souviens, avait répondu Valentin. Dans ma famille maternelle, ils étaient aux cent coups ! Tous prêts à s'exiler, à demander l'asile politique en Angleterre…

— Quand on pense à tous les gens qui sont morts et meurent encore en essayant de franchir ce mur. Et nous on est là, de l'autre côté, une bière à la main. C'est tellement… »

Sophie s'était tue, anéantie autant par l'idée des drames vécus que par le sentiment d'enfoncer des portes ouvertes.

« Vous vous souvenez, quand on était petits, Fabien voulait toujours que les Quatre Fantastiques aillent sauver des gens à l'Est… »

L'image qui était venue à Antoine était si forte qu'il l'avait partagée avec les autres spontanément.

« Je crois qu'il avait du mal avec l'idée que l'on puisse enfermer des gens dans leur pays. Les priver même de liberté de penser », avait ajouté Sophie.

Valentin avait hoché la tête sans rien dire. La mention du prénom de leur ami l'avait figé. Il était incapable de parler de lui, comme si les mots allaient faire ressurgir toute la peine, la violence, l'angoisse de cette période où leur ami avait disparu. Ils étaient d'abord entrés dans un moment d'attente. Il devait forcément être quelque part, il y avait une explication. Et puis les jours avaient passé, les parents avaient prévenu la police, on leur avait posé des questions, à eux, pour reconstituer l'emploi du temps de Fabien les jours précédant le drame, comme ils disaient. Ils n'avaient pas su apporter des éléments déterminants. Accablés de peur et de chagrin, ils passaient en revue pour la millième fois leurs dernières rencontres, les phrases qu'il avait prononcées, les doutes qu'ils nourrissaient sans oser les formuler devant les adultes.

« À Fabien », avait conclu Antoine en levant sa bière. Sophie et Valentin avaient tendu le bras en silence, puis ils avaient terminé leur bouteille de concert avant de reprendre leur route. Ce qui était le plus étrange, peut-être, c'était de se souvenir d'un enfant alors qu'eux-mêmes étaient presque des adultes. Fabien toujours habillé de shorts de velours, de chemisettes à carreaux et de débardeurs tricotés main. Fabien avec son épi rebelle et ses taches de rousseur qu'Antoine lui enviait. Fabien dont les fossettes se creusaient avant même qu'il sourie franchement. Mais dont le regard était parfois voilé de nuages si sombres que même ses amis ne parvenaient pas à les dissiper…

Un silence s'était installé après la réponse d'Antoine, qu'il se décida finalement à rompre.

« On en prend un autre ? »

Devant l'assentiment de ses amis, il fit signe au serveur.

« Non, je n'ai pas eu ta lettre, reprit-il une fois les verres sur la table. Je… Je regrette d'être parti comme ça, je regrette vis-à-vis de vous. Mais je ne pouvais pas faire autrement.

— Pourquoi ?

— C'était tellement compliqué, avec ma mère. Ça faisait longtemps que ça l'était, je ne sais pas si vous vous en souvenez… »

Valentin hocha la tête en saisissant le verre que le serveur venait de déposer devant lui. Les relations d'Antoine avec sa mère s'étaient détériorées quand ils étaient en quatrième, il se le rappelait parfaitement. Ils avaient treize ans, des boutons et bougonnaient avec constance. Tous avaient des griefs plus ou moins vifs contre leurs parents, mais Valentin avait conscience que ceux d'Antoine étaient plus justifiés que les leurs, à Sophie et lui. Eux, au moins, avaient une chambre où trouver refuge et pouvaient compter sur une certaine stabilité de la vie quotidienne.

Quand ils étaient encore à l'école primaire, la mère d'Antoine leur apparaissait comme le parent presque idéal. Chez elle, il suffisait d'ouvrir le frigo pour se servir de coca, les gâteaux étaient à portée de main et, surtout, ils étaient seuls dans l'appartement – ou plutôt le studio, certes –, libérés du regard des adultes, sans frère ou sœur pénible qui serait venu se mêler de tout. À l'époque, cela représentait le paradis. Si parfois ils la croisaient – en entendant son pas dans le couloir, Antoine sautait sur ses pieds et effaçait les traces de leur goûter – elle leur souriait gentiment. Ils ne s'attardaient guère, mais ce contact n'était pas désagréable. À vrai dire, Valentin était très intrigué par cette femme. Il avait surpris une phrase de sa propre mère, quand ils étaient en huitième, et la malaxait dans sa tête depuis, incapable de s'en détacher. « Elle l'a fait toute seule. Dans son milieu, c'est courant. Mais enfin, bon, on ne sait pas ce que ça va donner à l'âge adulte, avec une éducation pareille. » Il ne voyait pas en quoi Antoine était différent d'eux, ni même ce que son éducation avait de spécial. Quand il venait chez eux, il était toujours très poli avec les parents, posait ses mains à plat sur la table entre deux bouchées et remerciait comme il fallait…

Il avait fallu un incident pour que ses perspectives soient bouleversées, et qu'il entrevoie une dimension inédite de la vie de son copain. Alors qu'il descendait l'escalier après deux heures dans le studio, Valentin s'était rendu compte qu'il avait oublié son écharpe chez Antoine. Il avait hésité à remonter – il était au second et l'idée d'une nouvelle ascension ne lui disait rien – mais la réaction de sa mère si elle s'apercevait de l'oubli le poussa à le faire. Les cris lui étaient parvenus à peine l'angle du couloir passé. Il s'était immobilisé, d'abord, saisi par leur virulence. Il ne reconnut pas la voix d'emblée. Aiguë, mordante, avec un débit haché par la colère. Il fit encore quelques pas pour en saisir le sens et s'adossa au mur lépreux quand les paroles lui furent intelligibles. « Qu'est-ce que tu crois ? Que tu peux faire comme chez toi ? C'est chez moi, ici ! Chez moi ! Tu as encore de la chance que je ne te mette pas en pension ! » La voix se tarit un instant, puis reprit avec la même hargne. « Tu ne fais rien pour m'aider ! Si ça continue on va se retrouver à la rue parce que je ne pourrai plus payer le loyer ! À la rue ! Tu me fatigues ! Je suis épuisée ! Tu vois, tu me pousses à repartir ! Je ne peux pas rester avec toi ! » En entendant les talons claquer vers la porte, Valentin était parti en courant se cacher dans le couloir des chambres de service. Il avait vu la mère d'Antoine passer comme une furie et avait attendu le cœur battant avant de dévaler les marches à son tour. Tant pis pour l'écharpe. Antoine ne devait pas savoir qu'il avait assisté à cela.

Valentin hocha une nouvelle fois la tête, but une gorgée de vin et se décida.

« Oui, je me souviens, ce n'était pas nouveau. En primaire, c'était déjà compliqué, non ? »

Antoine parut surpris. Valentin reprit la parole rapidement, de peur de se taire encore.

« Quand on était en septième, j'ai entendu… une scène. J'avais oublié un truc chez toi parce que j'étais parti trop vite à l'arrivée de ta mère. Le jour où elle a dit que tu n'étais pas chez toi…

— Elle le disait tout le temps, le coupa Antoine.

— Je n'ai jamais osé t'en parler. J'avais peur que… Je ne savais pas quoi faire… C'était après Fabien. »

Il s'arrêta sur ces mots.

Après Fabien.

« C'est à cause de lui que tu as coupé les ponts ? »

Sophie avait formulé la question d'une voix sourde.

« Indirectement, peut-être, oui…

— Indirectement ? intervint Valentin, perplexe.

— Disons que tout était imbriqué, à cette époque. Je me suis senti piégé…

— Par nous ?

— Non, pas par vous, mais par un enchevêtrement de trucs dont je n'arrivais pas à me défaire. C'était tellement compliqué…

— Et Fabien faisait partie de ces trucs ? »

Valentin fronçait les sourcils tout en affichant une moue dubitative.

Antoine poussa un long soupir. Comment dénouer en une conversation tous les fils de cette histoire ? À quel moment exact avait-il commencé à leur mentir ? Ou plutôt à leur cacher des choses ? Peut-être dès le début, en réalité. Dès leurs premiers pas à l'école primaire, quand il avait endossé, enthousiaste, le costume de La Chose pour faire partie de leur groupe. Tous les quatre étaient si contents d'être parvenus à se répartir les rôles qu'il ne leur avait pas dit que celui de La Chose était trop grand pour lui. Qu'il n'en était pas digne. Qu'il se sentait trop vulnérable pour incarner ce superhéros. « On dirait qu'on serait… », la baguette magique de leurs six ans. Mais il savait déjà que la magie ne fonctionnait pas, qu'on pouvait se raconter toutes les histoires du monde sans qu'elles changent la réalité. La réalité des humiliations, des cris, des grands qui tapent le plus fort. La réalité des mamans qui n'aiment pas leur enfant.

Ses amis étaient devenus au fil des années les personnes les plus importantes de sa vie, mais ça non plus, il ne le leur avait pas dit. Il ne leur avait pas dit à quel point les week-ends lui semblaient longs, les vacances interminables. Il ne leur avait pas dit la joie violente de la rentrée, quand il les apercevait devant la porte de l'école. Il ne le leur avait pas dit par pudeur, par peur aussi. Peur qu'ils ne comprennent pas, peur qu'ils se moquent ou, pire, peur que ce besoin profond qu'il avait d'eux ne les effraye. Si eux ne l'aimaient plus, alors il ne compterait plus pour personne.

La dernière rentrée de primaire, il l'avait vécue la boule au ventre à l'idée que ce soit aussi la dernière qu'ils feraient ensemble, tous les quatre. Ils pourraient être envoyés dans des collèges différents, les parents pourraient choisir de les séparer, eux dont l'institutrice disait qu'ils étaient trop proches. Elle était revenue à plusieurs reprises sur ce constat, n'ayant de cesse de persuader les parents que leur amitié était trop exclusive. Heureusement, une exclusivité à quatre n'avait pas semblé problématique à ces derniers.

Ce qu'il ne leur avait pas dit, surtout, c'était à quel point il en avait voulu à Fabien, cette année-là. À quel point il en avait été jaloux. Et à quel point il s'en voulait toujours de son attitude. Pour leur faire comprendre les raisons de son départ, il devrait décortiquer tout ce qui s'était produit depuis ce moment clé où ils avaient trouvé les cartes dans leur cabane. Et celui, surtout, où ils avaient dénoué les premiers fils du mystère.

Noël n'était jamais un moment agréable pour Antoine. Sa mère proclamait qu'elle détestait les fêtes, qu'elles la rendaient à la fois nerveuse et neurasthénique, que la débauche de dépenses était proprement écœurante, qu'il s'agissait de festivités d'enfants gâtés et que pour rien au monde elle ne participerait à cette duperie.

« Tu te rends compte que tu te fais manipuler par des industriels qui n'ont pour objectif que de te faire consommer toujours plus ? qu'ils créent des désirs artificiels chez toi ? »

Non, Antoine n'en avait pas conscience. Et maintenant que sa mère le lui disait, et qu'il y réfléchissait sérieusement... il ne décelait rien d'artificiel dans ses envies. Mais il hochait la tête pour faire cesser la logorrhée.

« Je vais à la bibliothèque, j'ai des livres à rendre », lança-t-il ce matin-là, en dernier recours. Les vacances avaient juste débuté et déjà il se languissait de ses amis. Sophie et Valentin partaient toujours pour les congés scolaires, elle au ski et lui chez ses grands-parents. Fabien était resté flou sur les projets de sa famille, et Antoine hésitait à l'appeler. Il espérait, en traînant à la bibliothèque, finir par tomber sur lui. Il traversa le boulevard pour se diriger vers la place Saint-Sulpice, détour ayant pour but de vérifier que Fabien ne faisait pas de patin à roulettes autour de la fontaine, comme cela lui arrivait parfois. Mais seuls les pigeons l'accueillirent. Il s'amusa à courir vers eux pour les voir s'envoler en pagaille, dans un bruissement d'ailes à la fois drôle et inquiétant. Les bestioles, après avoir viré autour de la fontaine, se posaient de nouveau un peu plus loin, et Antoine recommençait son manège. Il ne prit pas garde à un couple qui déambulait, les yeux dans les yeux, et qui fut bientôt surpris puis effrayé de voir la nuée de volatiles s'égailler dans sa direction. La femme poussa des cris, l'homme battit des mains et, une fois les pigeons dispersés, ils comprirent rapidement quelle était la responsabilité d'Antoine dans l'affolement de ces animaux.

« Espèce de petit imbécile ! lui lança l'homme en avançant vers lui.

— Pardon… », balbutia Antoine.

Il resta figé un instant puis, voyant que l'homme continuait de marcher vers lui, détala aussi rapidement que les pigeons un peu plus tôt. Choisissant de traverser là où le feu était au rouge, il courut le long de la rue du Four et, puisque les voitures étaient arrêtées en arrivant rue de Rennes, il continua sur sa lancée pour la traverser. Une camionnette qui tournait en direction de la tour Montparnasse pila – un peu tard. Antoine sentit le contact du pare-chocs sur sa hanche et fut projeté à terre. Il entendit un cri perçant, ses paumes raclèrent le bitume et il ferma les yeux pour ne pas voir le sol au moment où sa tête allait le percuter.

Il ne perdit pas connaissance à proprement parler, ou du moins il ne le lui sembla pas, mais se laissa porter vers le trottoir dans une sorte de brouillard ouaté. Il avait mal aux mains, aux genoux, à la hanche et un œuf de pigeon grossissait sur son front. Un garçon de café sortit avec une poche de glace et la posa sur sa bosse, tandis qu'une femme s'enquérait du numéro de ses parents pour les prévenir. Antoine resta muet. On l'avait installé sur une chaise, on l'entourait, on s'inquiétait pour lui… Une onde de bien-être l'enveloppa. Il sourit timidement, répondit que ça allait, qu'il n'avait rien.

« Tu peux bouger tes jambes ? », « Combien de doigts ? », « Tu es sûr que tu ne veux pas que j'appelle ta mère ? », « Bon, tu es quitte pour une belle frayeur ! », « La prochaine fois, fais un peu attention… »

L'état de grâce s'était dissipé. Il remercia et reprit son chemin, s'efforçant de ne pas claudiquer afin qu'on n'insiste pas pour l'amener à la pharmacie. Il n'était pas question que sa mère soit avertie, elle serait furieuse contre lui. Il attendit d'être hors de vue du carrefour pour s'asseoir sur un banc, à la Croix-Rouge. Il fixa le sol pour revenir à la scène qui venait de se dérouler. Le regard du monsieur qui l'avait porté jusqu'à la chaise restait imprimé en lui. À la fois inquiet et bienveillant. Il ferma les yeux pour retrouver son expression exacte, sentir de nouveau la chaleur de cette attention. La femme avait été gentille, aussi, mais plus brusque, comme une mère de famille habituée aux bobos de ses enfants. Tandis que l'homme…

L'accident, ensuite, le retint un moment. Il aurait pu mourir. Comme Patrick qui avait été renversé par une voiture en neuvième. La maîtresse le leur avait annoncé au retour des vacances de Pâques, c'était la première fois qu'il voyait un adulte en larmes. Si, bien sûr, il avait déjà vu sa mère pleurer, mais ce n'était pas la même chose. La maîtresse avait l'air vraiment bouleversée. Antoine se souvenait de la dernière fois qu'il avait parlé à Patrick, dans la cour de récré. Une dispute à propos d'une partie de billes. Et puis plus de Patrick. Ça pouvait s'arrêter aussi facilement que ça… Ses copains seraient tristes, ça c'était sûr. Plus de Quatre Fantastiques, plus d'aventures, peut-être plus de cabane ? Ce serait trop dur pour eux d'y retourner sans lui. Sa mère pourrait retrouver toute son indépendance, qu'elle disait toujours regretter. Au lieu de la pension dont elle parlait souvent, il serait au paradis. En pension chez le Bon Dieu ! Il sourit en imaginant l'école du paradis, où plus personne ne pourrait être cancre ou dissipé. Il valait mieux aller à celle de l'enfer ! Il allait la dessiner, cette école ! Ça ferait rire ses copains !

Ragaillardi par cette idée, il se remit en route vers le boulevard Saint-Germain, puis bifurqua dans la rue du Bac avant de prendre la rue Montalembert. La Bibliothèque pour tous était tenue par des vieilles dames aux cheveux mauves qui notaient soigneusement les prêts et ne manquaient pas de lui faire remarquer qu'il avait déjà emprunté tel ou tel livre. Elles ne comprenaient pas le bonheur qu'il avait à relire les ouvrages familiers, à retrouver leurs héros comme on reprend contact avec des amis. Il poussa la porte vitrée les yeux fixés sur les rayons du rez-de-chaussée, et se dirigea lentement vers l'escalier pour avoir le temps de lire certains titres. Il commençait à avoir fait le tour des romans disponibles pour les enfants, au sous-sol, et elles lui interdisaient d'aller explorer les rayons pour adultes. Il avait essayé une fois de faire croire qu'il voulait emprunter *Les Allumettes suédoises* pour sa mère, mais la vieille bique lui avait glissé d'une voix suspicieuse que sa mère devrait faire le déplacement si elle voulait vraiment ce livre. Il l'avait finalement trouvé à la Fnac et s'était installé dans un coin pour le lire, ne comprenant pas ce qui avait pu dissuader la bibliothécaire de le lui donner. C'était curieux, cette obsession des adultes d'interdire des choses pourtant anodines et de ne pas se préoccuper du spectacle qu'ils donnaient, eux, dans leurs accès de colère ou d'égoïsme.

Il n'emprunta rien, ce jour-là, et repartit de mauvaise humeur. Pas question de rentrer maintenant, sa mère lui ayant lancé, alors qu'il franchissait la porte : « Laisse-moi tranquille au moins jusqu'à ce soir ! » Il descendit la rue du Bac jusqu'à la Seine et s'accouda au parapet, sur le quai. Il aimait bien voir passer les péniches et avait plusieurs fois imaginé qu'il pourrait se cacher sur l'une d'entre elles pour faire un bout de chemin vers la mer. Quand il pensait à s'enfuir, la mer catalysait ses fantasmes. Il se voyait volontiers comme un Robinson, dissimulant sa cabane faite de bois flotté derrière une dune et se nourrissant de poisson. Sur les cartes de géographie suspendues aux murs de la classe, il suivait des yeux les parcours des grands fleuves. La Seine semblait la plus indiquée, puisqu'elle passait tout près de chez lui, mais le Rhône était de loin son préféré. Surtout son delta, avec les chevaux, les flamants roses et les canaux multiples qui lui permettraient de se cacher pendant les années qu'il lui restait avant de pouvoir se libérer du joug de sa mère. Et puis c'était le Sud, il devait y faire beau toute l'année.

Frigorifié, il se remit en marche d'un pas vif, puis au petit trot pour se réchauffer. Il traversa la passerelle des Arts et décida d'aller jusqu'au centre Pompidou. Il pourrait y attendre au chaud. Il avait déjà franchi ses portes une fois, avec la classe, et, en s'approchant de l'entrée, il se souvint soudain que la guide avait parlé d'une bibliothèque. Ragaillardi par cette perspective, il s'engouffra dans le vaste hall et chercha son chemin. Un agent de sécurité lui barra la route, puis accepta de le laisser monter lorsque Antoine lui eut expliqué qu'il devait retrouver sa mère. En pénétrant dans le vaste espace qui abritait les rayons de livres et revues, il sentit une vague d'excitation monter en lui. Il arpenta les allées au hasard, lisant les titres au passage, sortant certains livres pour lire leur présentation et les reposant en se promettant d'y revenir. Quand il arriva enfin au rayon de la littérature, il effleura de la main, en longeant le rayon, les dos des romans, et s'arrêta sur un titre qui suscita son intérêt : *La Vie devant soi.* Il s'en saisit et chercha un siège disponible. Les longs jours de vacances qui l'attendaient lui parurent soudain beaucoup moins effrayants.

La chambre de Fabien consistait en la moitié d'une pièce plus vaste, divisée en boxes pour chacun des enfants. Une fenêtre l'éclairait, le lit simple était collé à la grande longueur du mur, suivi d'une commode à trois tiroirs. Une étagère avec quelques livres et deux caisses de meccano complétaient l'ameublement. Antoine, Valentin et Sophie conversaient vivement, à voix basse pour tromper la curiosité de Jérôme. Le petit frère de Fabien, tapi derrière la planche de bois qui séparait leurs espaces respectifs, n'avait qu'un rêve, faire partie de leur bande, mais Fabien défendait farouchement son pré carré. Si on commençait à accepter les petits...

« Moi je te dis que ce n'est pas prudent ! insistait Valentin. Ça pourrait être un piège.

— Si on y va tous les quatre, on ne risque rien. »

Fabien restait buté sur sa position, tandis qu'Antoine et Sophie tergiversaient. Depuis trois jours et la découverte d'un nouveau message dans leur cabane, l'ambiance était électrique entre eux. Si seulement Sophie avait vraiment son pouvoir d'invisibilité... Elle pourrait se cacher au moment du rendez-vous puis suivre cette personne mystérieuse qui leur proposait « une découverte hors du commun ». La pister ensuite, découvrir son nom, son adresse. Sa mère l'avait mise maintes fois en garde contre les gens qui l'aborderaient dans la rue, lui offriraient des bonbons pour qu'elle les accompagne, mais elle ne lui avait jamais dit que suivre quelqu'un à son insu était interdit. Elle serait aussi discrète que son personnage et percerait le mystère de celui – dans son esprit c'était forcément un homme – qui leur proposait, sur un papier ressemblant à un parchemin aux bords brûlés, de participer à une « soirée fantastique ». Le message avait été inséré dans une bouteille scellée à la cire, à moitié glissée derrière une pierre. Depuis combien de temps les attendait-elle ? Sophie traînait les pieds, depuis la découverte des cartes à jouer, pour aller à la cabane, et le mauvais temps était une raison supplémentaire d'espacer les escapades. Ils l'avaient découverte la veille et profitaient du mercredi après-midi pour tenir un conseil de crise.

Ils s'étaient exceptionnellement retrouvés chez Fabien, persuadés que son père était encore parti en voyage d'affaires. Mais lorsqu'ils avaient pénétré dans l'entrée, ils avaient eu la surprise de le voir venir vers eux. Il était étonnamment détendu, souriant, affable, se souvenant de chacun des prénoms et leur proposant un goûter alors même qu'il n'était que quinze heures trente. Fabien se tenait en retrait, circonspect. Ils avaient dû, avant de pouvoir s'enfermer avec leur ami, répondre à une série de questions aimables mais néanmoins quelque peu intrusives. Voyant que les autres hésitaient à prendre la parole, Antoine s'était dévoué pour apporter des précisions que ses amis rechignaient à fournir. Ce qu'il avait fait pour les vacances, dans quel collège il allait être inscrit l'année suivante – il n'en avait pas la moindre idée –, quelle langue il allait étudier en sixième – l'anglais bien sûr. Ses réponses, si banales fussent-elles, recevaient un accueil teinté d'un intérêt étonnant. Les yeux sombres du père de Fabien ne le quittaient pas et Antoine en ressentit bientôt une étrange chaleur. Les adultes ne lui prêtaient habituellement qu'une attention réduite, tout juste polie dans le meilleur des cas. Mais cet homme légèrement penché vers lui, au buste trop grand pour ses jambes, aux cheveux sombres à peine parsemés de quelques filaments gris, au nez court et au front peu large, mettait dans son écoute une intensité qu'il trouvait très agréable. Il avait eu du mal à cesser de parler, malgré les regards insistants que lui lançaient les autres. Lorsque, finalement, ils avaient pu prendre le couloir vers les chambres, il garda en lui cette chaleur.

« Et toi, Antoine, tu en penses quoi ?

— Euh… on devrait y aller, répondit-il au hasard, tiré brusquement de sa rêverie. Après tout, un rendez-vous dans une église, ça ne peut pas être dangereux », continua-t-il.

Il avait envie de faire plaisir à Fabien dont il avait surpris un regard fermé quand il parlait avec son père.

« Je resterai dans l'ombre, lança Sophie, comme ça je pourrai m'enfuir et prévenir en cas de problème. »

L'option fut retenue, au grand soulagement de son inspiratrice. Elle ne voulait ni laisser tomber ses amis, ni pour autant risquer de se retrouver à la merci de celui qui leur laissait des messages si bizarres depuis la rentrée. Elle avait plusieurs fois hésité à en parler à son père – ses frères se seraient encore une fois moqués d'elle –, mais elle n'avait jamais pu trouver le bon moment. Quand il rentrait de la banque, son père avait besoin d'un moment de calme, son « sas de décompression », comme il disait, pendant lequel il s'installait, seul, au salon, le journal sur les genoux. Une fois son whisky terminé, on pouvait entrer dans la pièce, mais il était rare de s'y trouver seuls avec lui. Leur mère, qui ne lui accordait que ce moment de répit, se précipitait pour occuper le terrain. Elle ne laissait que très rarement les enfants en tête à tête avec leur père, de peur, prétendait-elle, qu'ils ne le fatiguent avec leurs bavardages sans intérêt. Sophie était d'autant plus blessée que leur père ne pipait mot lorsque leur mère les rabrouait ainsi.

Confier ses craintes à sa mère était hors de question. Il faudrait lui raconter leur cabane, les moments qu'elle grappillait en prétextant une visite chez une amie, ce qui aboutirait à un remontage de bretelles en règle doublé d'une privation de sorties. Sa mère refusait déjà qu'elle ait des amis garçons et se livrait à un interrogatoire en règle dès qu'elle invitait une nouvelle connaissance à la maison. Alors expliquer les aventures qu'ils s'apprêtaient à vivre… Elle pouvait anticiper sa réaction, les arguments qu'elle allait dérouler et, pour finir, le ton sec sur lequel elle lui interdirait formellement de revoir ses amis. Elle ne pouvait compter que sur elle-même pour trouver la meilleure façon d'aborder cette situation. Son père disait souvent qu'elle était futée, ce que, après l'avoir tourné dans sa tête pendant longtemps, elle avait décidé de prendre comme un compliment. Bien sûr, elle aurait préféré être jugée brillante, comme son frère aîné, mais elle pressentait qu'un tel qualificatif était hors de portée des filles. Lors des réunions familiales, les traits saillants qu'on leur reconnaissait étaient qu'elles étaient mignonnes, sensées, avaient la tête sur les épaules et savaient ce qu'elles voulaient. Quand elles commençaient à ne pas avoir froid aux yeux, la réprobation n'était pas loin. Et ce qu'on leur demandait sans jamais le formuler clairement, c'était de ne pas faire d'ombre à leurs frères ou cousins qui, eux, portaient la responsabilité de la réussite. Les succès scolaires trop éclatants étaient regardés avec circonspection, et on leur répétait souvent qu'il valait mieux avoir une tête bien faite que bien pleine. Sophie aimait que ses jupes soient bien repassées, ses chemisiers jolis et ses coiffures impeccables. Ses cheveux blonds la distinguaient dans cette famille de bruns et, le soir, en se brossant les dents, elle s'entraînait à sourire devant le miroir. Sourire modeste, ravi, condescendant, distant, hypocrite, elle déroulait toute la gamme des expressions qu'elle maîtrisait.

Alors qu'ils descendaient les marches de la crypte de l'église, Fabien sentit sa détermination flancher. Face à Antoine qui semblait si convaincu de la nécessité de répondre à cette invitation mystérieuse, il ne voulait pas montrer ses doutes, et encore moins ses craintes. Valentin, pour sa part, avait attendu qu'ils se prononcent avant de se ranger à leur avis, comme il le faisait habituellement. Les marches étaient creusées en leur centre, usées par le temps. Les pierres des murs, noircies à hauteur de hanche, avaient dû servir pendant des centaines d'années d'appui, alors qu'on s'enfonçait dans une semi-obscurité inquiétante. En tendant l'oreille, Fabien pouvait percevoir les pas légers de Sophie. Conformément à leur plan, elle ne se montrerait que s'il prononçait le mot de passe.

Lorsqu'ils débouchèrent enfin en bas des marches, intrigués par la lueur qu'ils distinguaient depuis le début de leur descente, ils s'aperçurent qu'elle provenait d'une dizaine de bougies disposées le long d'un couloir étroit. Vers le fond, dans l'embrasure d'une porte de bois, une lumière plus claire leur parvenait. Antoine, qui ouvrait la marche, se tourna vers ses amis. Comprenant qu'il cherchait leur approbation avant de continuer, Fabien hocha silencieusement la tête pour l'encourager. Antoine leva son pouce et reprit sa progression, le cœur battant. Si la perspective d'une aventure lui avait jusque-là procuré une grande excitation, la concrétisation de ses fantasmes l'inquiéta brutalement. Et si ce qui les attendait derrière cette porte n'était pas extraordinaire, mais épouvantable ? Et si les promesses de soirée fantastique – même si l'invitation était pour l'après-midi – n'étaient que poudre aux yeux et duperie, une manière d'attirer les pauvres innocents qu'ils étaient dans un piège ? Il continua à avancer malgré ces pensées, la poitrine maintenant serrée. Il revit les couvertures des magazines de faits divers qui le fascinaient chez le marchand de journaux, avec leurs titres explicites et les histoires plus horribles les unes que les autres contenues dans ses pages. « Piégés dans la crypte ! » ferait un bon titre. Ou encore « L'église de l'horreur ». Antoine sentit sa bouche s'assécher et des picotements traverser ses membres. Il était sur le point de se retourner pour entraîner ses amis dans sa fuite lorsqu'une voix gutturale se fit entendre.

Quand elle y repenserait par la suite, Sophie évoquerait toujours en premier ce son qui l'avait pétrifiée, alors qu'elle n'avait pas encore débouché dans le couloir. Ces paroles spectrales qui l'avaient fait se figer, tapie contre le mur, comme si ses anfractuosités pouvaient la dérober aux regards. Alors qu'elle devait, à la moindre alerte, actionner son sifflet de toutes ses forces et filer chercher de l'aide, elle avait été incapable du moindre mouvement.

« Bienvenue au théâtre des Soirées fantastiques… » Les échos de la phrase dans le couloir sombre les firent frissonner. Avant même qu'ils reprennent leurs esprits, la porte s'ouvrit complètement pour laisser apparaître une pièce décorée de tentures rouge sang. Quatre chaises étaient alignées face à un rideau aux bordures brodées de fil doré.

« Approchez, n'ayez crainte. Prenez place et laissez de côté toutes vos certitudes, intrépides enfants ! Dans quelques instants, sous vos yeux ébahis, le grand Roberto va défier les lois de la physique pour votre plus grand plaisir… »

Antoine, le premier, franchit la porte d'un pas hésitant. Il se tourna vivement vers ses amis pour être sûr qu'ils le suivaient, puis prit place sur une des chaises centrales. Fabien et Valentin se glissèrent à ses côtés, le souffle court et les sens aux aguets.

« Il manque encore quelqu'un. Viens, jeune fille, quitte le couloir et rejoins tes amis. Nous n'attendons plus que toi pour commencer. »

Des gouttes de sueur perlèrent au front d'Antoine. Il jeta un regard vif à Fabien qui ouvrit grand les yeux pour marquer à la fois son incompréhension et son inquiétude. Si Sophie n'était plus là pour couvrir leurs arrières, ils pourraient se retrouver pris au piège… Il fallait absolument qu'elle rebrousse chemin immédiatement, qu'elle puisse dire où ils étaient au cas où. Ces pensées qui s'agitaient comme des électrons libres dans son cerveau furent brusquement interrompues par l'entrée de leur amie dans la pièce. Le regard rivé sur le velours rouge, elle semblait subjuguée, presque hypnotisée. Lorsqu'elle fut assise, une lueur naquit, éclairant une sphère qui flottait dans les airs, à mi-hauteur entre le sol et le plafond.

« Ce que vous voyez maintenant, c'est notre univers, notre berceau, le commencement et la fin de tout ce que nous connaissons. Cette sphère est notre planète.

Observez comme elle est belle, bleue comme une orange. »

La sphère se mit en rotation lente, tandis que sa couleur virait au bleu et que se dessinaient à sa surface les océans et continents, comme sur le globe posé en haut de l'armoire, en classe. Une musique cristalline s'éleva. Les enfants ne pouvaient détacher leur regard de ce spectacle, une seconde sphère venant de faire son apparition.

« Tout notre univers est constitué de sphères en mouvement, qui interagissent et ne peuvent exister les unes sans les autres. Leurs révolutions subtiles sont régies par des lois universelles dont les hommes n'ont pas encore compris toute la portée. À propos de cette mécanique, que certains qualifient de divine, nous sommes encore loin d'avoir tout découvert. »

La voix de l'homme était chaude, enveloppante. Fabien sentait ses vibrations percuter sa poitrine, pénétrer ses os et entrer en résonance avec toutes les fibres de son être, lui apportant un réconfort dont il n'imaginait pas avoir un si grand besoin. Comme si le son, au-delà de la signification même des mots, trouvait un chemin direct vers son âme. Il aurait voulu que cela ne s'arrête jamais. Les sphères, là-haut, poursuivaient leurs mouvements lents tandis que l'homme continuait à dérouler ses explications.

« Je voudrais vous emmener en voyage, les enfants. En voyage vers les mystères de cette vie, de cette mécanique et de la façon dont nous, pauvres humains, percevons les reflets de ce qui existe. Certains pensaient que notre univers était régi par un grand horloger, c'est une image que j'aime. Mais qui dit horloger dit machine, et qui dit machine ouvre la possibilité de la faire fonctionner différemment. Imaginez seulement que la Terre cesse de tourner sur elle-même… »

Vers le plafond, la lumière changea. La planète bleue interrompit ses rotations pour ne plus montrer qu'une face au soleil. Tandis que l'homme dévidait dans un flot de paroles spectrales les conséquences des différents changements possibles dans le grand ordonnancement de la vie, Valentin tenta de percer l'obscurité qui maintenant les enveloppait. Si une part de lui était fascinée par le spectacle, il ne pouvait s'empêcher, parallèlement, de se poser mille questions sur la raison de leur présence dans cette pièce. Ou plus exactement sur les raisons pour lesquelles on les y avait attirés.

Soudain, le cours de ses pensées fut ramené au spectacle. Un homme venait d'apparaître, sorti de l'épaisseur des rideaux. La première chose qui attirait le regard était son visage, étonnamment blanc, et ses yeux sombres rehaussés de noir. Il était vêtu d'un costume noir lui aussi, cintré, qui tranchait sur la blancheur de sa chemise. La cape et le haut-de-forme de la même couleur que le costume complétaient sa silhouette élancée. Il darda son regard sombre sur chacun des enfants à tour de rôle puis, dans un mouvement de bras pour rejeter sa cape en arrière, sortit et étala dans sa paume un jeu de cartes. Fabien reconnut tout de suite le modèle de celui sur lequel avaient été tracées les arabesques, et dont il avait caché une carte.

« Les mystères les plus lointains ne sont pas toujours les plus grands. Il peut aussi se produire sous vos yeux, à portée de votre main, des choses inexplicables et merveilleuses qui vous feront douter de votre propre esprit. »

Les tours auxquels se prêta l'homme dans le moment qui suivit laissèrent Fabien, Antoine, Sophie et Valentin ébahis. Jamais ils n'avaient vu de tels prodiges et, comme l'homme le leur avait prédit, ils en vinrent à douter de leurs sens. Comment la carte qu'ils avaient choisie pouvait-elle s'envoler toute seule du paquet pour aller se coller au plafond ? Comment une autre pouvait-elle renaître de ses cendres, alors qu'elle avait brûlé sous leurs yeux ? Chaque nouvel exploit les ravissait et les emportait un peu plus loin dans l'univers de leur hôte.

Ils étaient encore sous le choc de tous ces tours incroyables quand, dans une soudaine explosion suivie d'une fumée épaisse, leur hôte disparut. Si Sophie était restée rivée à son siège, les trois autres s'étaient levés d'un bond, paniqués. Mais la fumée, si épaisse fût-elle, n'était pas irritante. Elle se dissipa assez pour qu'ils voient la porte, et le couloir toujours éclairé par les bougies.

« Allons-y ! » trancha Antoine avec autorité. Il saisit Sophie par la main et l'entraîna vers la sortie, tandis que les deux autres leur emboîtaient le pas. Ils remontèrent l'escalier en courant, presque sans respirer. Valentin, qui fermait la marche, redoutait de sentir une main saisir ses mollets. Lorsqu'ils débouchèrent enfin à l'air libre, ils coururent encore, à la grande surprise des touristes qui sortaient de l'église, pour aller s'affaler, finalement, sur un banc du boulevard. Antoine prolongea la récupération de son souffle pour se donner le temps de réfléchir. Le spectacle l'avait subjugué, même si une petite voix lui susurrait qu'il y avait là quelque chose d'étrange.

« C'était trop bizarre ! s'exclama finalement Valentin. J'en ai encore la chair de poule.

— Incroyable, souffla Fabien sur un ton rêveur. Je me demande comment il fait.

— Mais pourquoi ? »

La question de Sophie flotta dans l'air un moment, avant qu'Antoine se décide à livrer le fond de sa pensée.

« En tout cas, il y a un truc qui n'est pas normal. Il est bizarre, ce bonhomme… »

Fabien se tourna vers lui en fronçant les sourcils.

« Pourquoi tu dis ça ? Moi je trouve que c'était super, même si ça foutait un peu la trouille. C'était incroyable ! Je n'avais jamais vu de la magie d'aussi près.

— D'accord, mais quand même, nous faire venir sous l'église… et puis les bougies… tout ça…, reprit Antoine.

— Si ça se trouve, c'est un fou ! intervint Sophie, les yeux exorbités. Ma mère m'a dit qu'il y a des gens qui enlèvent les enfants pour vendre leurs organes. Et d'autres qui enlèvent les filles dans les cabines d'essayage des grands magasins !

— N'importe quoi, trancha Fabien. Vous êtes juste des froussards. Moi j'ai trouvé ça super, ce spectacle. Il va faire nuit, je dois rentrer. À demain. »

Il avait prononcé ces derniers mots en sautant sur ses pieds et s'éloigna pour couper court à la discussion. Il voulait retrouver le sentiment de plénitude et d'émerveillement qu'il avait vécu dans la crypte, se remémorer les sphères et leur musique, le ballet aérien des astres devant lequel il n'avait plus pensé à rien, libéré de ses craintes et de ses questions. Il avait oublié son père qui devait rentrer le lendemain, ses notes qui n'étaient jamais assez élevées pour les exigences paternelles, son petit frère qui était de plus en plus triste et sa mère qui faisait semblant de ne rien voir, jamais. À mesure qu'il s'approchait de la porte de son immeuble, son estomac se serrait. Une boule qui grossissait jusqu'à lui donner envie de vomir. Il se concentra sur les dalles du trottoir, pour surtout ne pas marcher sur les lignes. S'il parvenait au coin de la rue sans que le feu passe au vert, la soirée serait bonne... La mécanique des défis et présages se remit en marche à toute allure dans son cerveau, noyant l'angoisse dans le flux des pensées automatiques.

« Je ne t'ai jamais dit ça, tu es complètement fou !

— Mais je t'assure, maman

— Ça suffit ! Tu te tais ! Tu ne te rends pas compte à quel point ton attitude me fait du mal. Je fais tout pour te donner la meilleure éducation, et voilà comment tu me remercies. »

Sa mère se laissa tomber sur le canapé et ferma les yeux en affichant cette expression de douleur face à laquelle Antoine sentait chaque fois son angoisse croître de manière exponentielle à mesure que les secondes passaient. Il ne faisait jamais rien comme il fallait. Chaque décision qu'il prenait, chaque acte, même le plus réfléchi, trouvait un écho qu'il n'aurait jamais imaginé. Sa mère savait déceler derrière les choses les plus anodines des intentions cachées qui soulignaient la noirceur, l'égoïsme, la méchanceté de son fils. Intentions dont il n'avait aucune conscience, mais qui n'échappaient pas à la sagacité maternelle.

Elle rouvrit les yeux et le fixa avec une froideur qui acheva de le plonger dans le désespoir. Il reprit pourtant, d'une voix peu assurée.

« Tu m'avais promis que pour mes onze ans tu me dirais le nom de mon père. »

Sa mère se redressa sur le canapé, dans une position de défi, les mâchoires serrées et les poings fermés.

« Je t'ai dit cela parce que je pensais que tu aurais l'intelligence de comprendre...

— Comprendre quoi ?

— Comprendre que si je ne t'ai jamais dit qui était ton père, c'est parce qu'il ne veut pas te connaître. Il ne voulait même pas que tu naisses, si tu veux tout savoir ! C'est le premier sacrifice que j'ai fait pour toi ! Aller contre sa volonté et renoncer à son amour ! »

Antoine déglutit, les yeux ronds. Il sentit son menton trembler et fit un effort considérable pour maîtriser les larmes qu'il sentait poindre. L'année précédente, il s'en souvenait comme si c'était hier, sa mère lui avait pourtant bel et bien fait cette promesse, arguant qu'il était encore un peu jeune, mais que ses onze ans, l'année suivante, lui ouvriraient la porte d'une sagesse nouvelle, et d'une maturité suffisante pour aller à la rencontre de son géniteur.

« Va-t'en maintenant ! File ! J'ai besoin d'être seule !

— Mais maman, il fait nuit...

— Prends dix francs dans le pot et va manger une glace au drugstore ! Je ne veux pas te voir avant au moins deux heures. »

Le manteau à la main et le billet de dix francs serré dans son poing, Antoine quitta le studio. Il s'éloigna de la porte en martelant le couloir de bois afin de faire entendre ses pas, puis rebroussa chemin sur la pointe des pieds et colla son oreille à la porte de bois. Généralement, quand sa mère lui intimait ainsi de lui laisser le champ libre, elle s'empressait d'appeler une copine dans la foulée. C'était l'occasion d'apprendre des choses intéressantes. Il l'entendit d'abord aller et venir – elle devait ouvrir une bouteille pour se servir un verre, c'était ce qu'elle faisait généralement le soir – puis il perçut le « ding » provenant du téléphone : elle venait de décrocher. Un nouveau tintement lui apprit que l'appel n'avait pas abouti. Mais sa mère n'allait pas en rester là. Il y eut encore quelques tintements avant qu'il entende enfin :

« Salut ma chérie ! »

Sa mère avait trouvé une interlocutrice. Il se laissa glisser contre le mur du couloir et tendit l'oreille. La porte était si fine qu'il n'avait aucun mal à entendre les répliques de sa mère, à partir desquelles il tentait de reconstituer la conversation. Il préférait encore ça à la perspective de traîner dans les rues du quartier.

Il en connaissait par cœur toutes les vitrines et ne voulait plus mettre les pieds au drugstore depuis qu'un homme l'y avait suivi et avait absolument voulu lui payer une glace. Pendant tout le temps où il l'avait mangée – un banana split, c'est long à avaler – l'homme l'avait regardé avec insistance, un drôle de sourire aux lèvres qui l'avait mis de plus en plus mal à l'aise. Il avait cherché à croiser le regard de quelqu'un, sentant qu'il aurait besoin d'aide sous peu, mais personne ne faisait attention à lui – à eux. Puis l'homme lui avait proposé d'aller voir un film chez lui. Il possédait un magnétoscope et une cassette de *Star Wars*. Il pourrait même lui offrir une figurine de Luke Skywalker… Antoine n'avait que huit ans alors, mais il avait très vite compris qu'il ne devait en aucun cas accepter.

Il n'avait pas su comment fuir. Il avait décliné poliment l'invitation, avait dit qu'il avait l'argent pour sa glace – mais l'homme avait déjà payé – et expliqué qu'il devait rentrer chez lui, que son père l'attendait. Il espérait ainsi dissuader l'homme de le suivre, mais son stratagème n'avait pas fonctionné. Il était alors parti en courant, mais au bout de quelques dizaines de mètres il avait senti une main le saisir par le bras.

« N'aie pas peur, lui avait glissé l'homme, je n'ai jamais fait de mal aux petits garçons, au contraire… »

Quand il fermait les yeux le soir, dans son lit, les images de ce qui avait suivi l'envahissaient souvent. Les mains de l'homme qui ne le lâchaient pas alors qu'il se débattait. Il aurait voulu crier, mais sa bouche était si sèche qu'il n'y parvenait pas, et, comme les lézards, pouvoir abandonner son membre en échange de sa fuite, mais les doigts de l'homme étaient comme des serres implacables.

Il n'avait dû son salut qu'à l'arrivée d'un couple qui, contrairement aux autres passants, avait remarqué sa détresse et était intervenu. Son agresseur n'avait pas demandé son reste et s'était fondu dans la nuit tandis que ses sauveteurs le réconfortaient. Sa mère n'était pas à la maison ce soir-là et il avait pris la liberté de sortir, ce qui lui interdisait de raconter ce qui s'était produit. Il était donc resté avec son secret qui, les premiers jours, lui pesait tant qu'il lui avait ôté l'appétit. Le temps avait lentement fait son œuvre, reléguant les souvenirs peu à peu, mais ne les effaçant jamais. Depuis, quand il lui était intimé de laisser le champ libre, il restait dans le couloir, dos collé au mur, à écouter les bruits de l'immeuble – et en premier lieu les interminables conversations téléphoniques de sa mère.

Ce soir-là, la moisson fut bonne. Il apprit que sa mère avait un nouveau client, qui payait bien, ce qui promettait des temps à venir un peu plus calmes, à la fois parce que leurs finances seraient moins sources de stress, et parce que la satisfaction que sa mère ressentait à réussir dans son travail la rendait généralement plus gentille avec lui. Mais il comprit aussi, nouveau coup de canif dans le cœur, qu'elle projetait de partir en week-end au bord de la mer sans lui trois semaines plus tard. Ce ne serait pas la première fois qu'il resterait seul pendant deux jours, là n'était pas la question. Ce qui le blessa, ce fut d'entendre sa mère expliquer à son interlocutrice qu'il serait chez un ami, et que c'était la raison pour laquelle elle s'octroyait cette liberté… Mais ça lui ouvrit aussi une perspective. Pourquoi ne pas se faire inviter, effectivement ?

Chez Sophie, cela lui paraissait difficile. Il avait entendu la mère de son amie faire des reproches à celle-ci quand elle l'avait vue en compagnie de Fabien, Valentin et lui – que des garçons, ce qui n'était pas correct pour une jeune fille. Sophie avait rougi de honte en se rendant compte que ses amis avaient tout entendu et était partie la tête basse, tandis que sa mère posait sur eux un regard peu amène. Alors elle n'allait certainement pas accepter qu'il passe deux jours sous leur toit.

Il avait déjà été convié chez Valentin un samedi après-midi, au cours duquel la principale occupation de son copain avait été d'inventer toutes les manières possibles d'embêter sa petite sœur. Antoine avait cherché à le réorienter vers des occupations plus intéressantes, comme de jouer avec son circuit électrique, en vain. Voir la petite pleurer et trépigner ne lui avait procuré que de la gêne et une compassion qui lui avait fait voir son copain sous un nouveau jour. Quel plaisir pouvait-il bien avoir à la faire bisquer comme ça ? D'autant que lorsque sa grande sœur s'était aperçue de son comportement, elle était entrée dans la danse pour rétablir l'équilibre, et ils avaient passé tous deux la fin de la journée enfermés dans la chambre de Valentin, sans même la possibilité d'aller prendre un goûter dans la cuisine. Il avait fallu le retour de leur mère pour qu'il puisse sortir de la chambre pour retourner chez lui, heureux, pour une fois, à cette perspective.

Restait Fabien. Il lui en dirait deux mots le lendemain.

Tout avait mal commencé. La mère de Fabien, d'emblée, avait voulu parler à celle d'Antoine, et il avait fallu à celui-ci des trésors de diplomatie pour que cette conversation ne tourne pas au fiasco. Il n'avait bien évidemment pas dit à sa mère qu'il comptait se faire inviter pendant ce fameux week-end, pour la bonne raison qu'il n'était pas encore officiellement au courant de son absence programmée. Mais Fabien, de son côté, pour amadouer sa mère, lui avait expliqué qu'Antoine allait passer deux longs jours seul s'ils ne l'accueillaient pas.

« Dis-lui que ma mère travaille très tard ces jours-ci, et qu'elle est difficile à joindre. »

Antoine avait passé la journée l'estomac noué, conscient que le fiasco était proche. Pire que le fiasco, même. Une fin du monde à laquelle il n'était pas sûr de survivre. Sa mère allait comprendre qu'il l'espionnait lorsqu'elle le pensait en train de se promener dans les rues et sa réaction n'allait pas manquer d'être terrible. Elle lui reprochait déjà tant de choses… cette fois-ci, c'était certain, elle allait trouver un moyen de l'éloigner. Même si elle lui disait de temps en temps qu'elle ne pouvait pas vivre sans lui, qu'il était sa raison d'être et son moteur.

Mais pourquoi les mères avaient-elles toujours besoin de se parler, comme si les enfants n'étaient pas capables de s'organiser seuls ? Malgré sa mauvaise humeur, Antoine savait bien, au fond, que c'était une attitude normale de personnes qui se préoccupent de leur enfant… Mais en vouloir à tous les parents lui évitait de se focaliser sur sa mère, et de pointer des défaillances qui n'appartenaient qu'à elle.

En grimpant les dernières marches, il avait serré les dents. Dans le long couloir qui menait à leur studio, il prépara quelques phrases pour se dédouaner. La mère de Fabien n'avait rien compris. Ou encore Fabien lui-même avait inventé ça pour la convaincre… Il saisit la clé pendue autour de son cou et l'introduisit dans la serrure après avoir frappé cinq coups. C'était le code. Sa mère ne venait jamais ouvrir, mais ainsi il lui annonçait son arrivée.

Elle n'était pas rentrée. La tension accumulée toute la journée tomba en partie. Il s'empressa de se mettre à ses devoirs, tête penchée sur son cahier dans une attitude de profonde concentration, en espérant que sa mère pousserait la porte en pleine séance : c'était une image qu'elle aimait parce qu'elle lui donnait le sentiment d'avoir réussi son éducation.

En entendant son pas dans le couloir, bien plus tard, Antoine se raidit et saisit rapidement son livre. Il leva la tête en souriant quand elle franchit le seuil.

« Bonsoir maman ! lança-t-il d'un ton enjoué.

— Ah, tu es là. »

Elle posa son sac à main sur la table basse, ôta ses chaussures et se laissa tomber sur le canapé en soufflant bruyamment.

« Je suis morte ! J'ai eu une journée… je n'en peux plus !

— Veux-tu un verre ? hasarda Antoine.

— Bonne idée ! Sers-moi un whisky, une fois n'est pas coutume. »

Antoine s'affaira rapidement et revint avec le verre posé sur une petite serviette de papier blanc, comme il avait vu faire dans le bar d'un hôtel, l'été précédent. Sa mère sirota en soupirant d'aise et posa sur lui un regard aimable.

« Tiens, au fait, tu ne devineras jamais pour qui je bosse.

— Qui ?

— Le père de ton copain Fabien ! Incroyable, non ? Ça fait déjà plusieurs mois, mais on n'a fait le lien qu'aujourd'hui. Je me suis rendu compte qu'il habitait le quartier parce que j'avais un dossier à lui déposer… Au fait, ils t'invitent pour le week-end, dans dix jours. Sympa, non ? »

Antoine acquiesça avec vigueur. Une douce chaleur l'envahit et il se sentit allégé d'un poids immense.

Une semaine plus tard, alors qu'il traversait la cour au pas de charge pour rejoindre ses amis, Antoine remarqua qu'une grande ébullition les animait.

« Tu ne devineras jamais ! » lui lança Sophie. Ses yeux brillaient et un large sourire éclairait son visage. Fabien et Valentin souriaient eux aussi, se dandinant d'un pied sur l'autre, au comble de l'excitation. Devant sa mine interrogative, Sophie se décida.

« On a reçu un nouveau message !

— Euh… comment ça ?

— Ben après la soirée fantastique, le magicien nous a laissé un nouvel indice ! » intervint Fabien…

Quelque chose empêchait Antoine de partager l'enthousiasme de ses amis. D'abord, il était un peu vexé de ne pas avoir été avec eux pour découvrir le message. Encore un après-midi qu'il avait dû passer avec sa mère, ou plutôt à côté d'elle, et qui l'avait empêché de rejoindre ses copains. Il détestait ce sentiment d'avoir été un laissé-pour-compte, alors qu'ils étaient censés être une bande, quand même. Et puis il y avait autre chose, qu'il avait plus de mal à formuler. L'inquiétude qu'il avait ressentie lors du spectacle s'était transformée en une peur diffuse, une crainte qui, bien qu'il en observât toutes les causes avec objectivité et les rejetât, revenait toujours insidieusement, le maintenant dans un état d'alerte lancinant.

« Je me demande sur quoi tout ça va déboucher », finit-il par lâcher sur un ton qu'il voulut plein d'attentes.

La sonnerie les interrompit, et ils se précipitèrent pour gagner le rang, prendre leurs distances et monter en classe sans taper des pieds dans l'escalier de bois. Il faisait froid en ce mois de février, le ciel était bas mais refusait de laisser tomber la neige que tous les enfants espéraient. Antoine risqua un coup d'œil vers la fenêtre, par-dessus son épaule. Toujours rien. Pour lui qui ne partait jamais à la montagne – et rarement ailleurs, il fallait bien le dire – les flocons avaient quelque chose de miraculeux. Outre les batailles de boules de neige, qui étaient toujours drôles, ils déposaient sur la ville un silence ouateux qui lui plaisait infiniment. Le premier matin, quand on sortait, on pouvait laisser des empreintes comme un explorateur de terres vierges. Les voitures avançaient lentement, et les adultes mesuraient leurs pas pour ne pas glisser. La vie ralentissait…

« Antoine, tu peux me dire combien font huit fois sept ? »

La panique succéda à la rêverie. Cinquante-six ? Non, ce ne devait pas être ça… Il ouvrit la bouche, la referma, tenta de calculer soixante-dix moins… quatorze, mais, le temps qu'il s'assure de la réponse, Mme Benjamin lui colla un zéro et passa à quelqu'un d'autre. Maintenant, au moins, il pouvait franchement rêvasser, elle ne le coincerait pas une seconde fois. Sa mère avait acheté un bouquet pour la mère de Fabien, qu'il devait prendre avec lui le vendredi, puisqu'il irait directement chez Fabien en sortant de l'école. Il était convenu qu'il le confierait à la concierge pour la journée. Il avait tellement hâte que le lendemain arrive ! Deux jours dans une vraie famille, une fratrie, une mère qui cuisine, et un père… Antoine était plus circonspect en pensant au père de Fabien. Il n'avait pas oublié ce que son copain avait écrit dans sa rédaction, deux ans plus tôt. Ce qu'il en avait vu, l'autre fois, ne correspondait cependant pas à l'idée qu'il s'en était faite. Et puis sa mère était en contact professionnel avec lui, en plus. À l'idée qu'une bévue de sa part ait des conséquences sur cette collaboration, un filet de sueur froide lui coula entre les omoplates. Il allait faire profil bas, ça c'était sûr.

Fabien avait le cœur léger. Il s'en était très bien sorti quand Mme Benjamin l'avait interrogé en calcul mental et rentrait avec un dix sur dix, le week-end avec Antoine à la maison promettait de très bons moments, et il avait un rendez-vous, après l'école, qui lui donnerait une longueur d'avance sur les autres. Il allait les épater ! Quand ils verraient ce qu'il était sur le point de découvrir... En marchant d'un pas vif, il jubilait. Il avait découvert le secret du jeu de cartes, tout seul ! Bien sûr, ce n'était pas lui qui avait remarqué que les entrelacs dessinés se poursuivaient d'une carte à l'autre, mais il avait eu la patience, alors que les autres avaient renoncé, de reconstituer le dessin, de mettre les cartes dans l'ordre ainsi imposé. Il manquait toujours le roi de trèfle, qu'il ne s'était pas décidé à remettre dans le paquet. Les dessins eux-mêmes n'étaient pas la clé de l'énigme, même s'ils constituaient un indice. Des pièces d'échecs, comme il l'avait pressenti, et des rouages de mécanismes comme ceux des montres, des roues crantées et des chaînes qui s'entrelaçaient, s'entraînant pour former un ensemble fermé. Il avait passé de longues heures à trouver le bon agencement des cartes, et quelques autres encore à en découvrir la clé. Elle était pourtant évidente, tellement simple…

Et maintenant, il allait enfin rencontrer celui qui les intriguait tant depuis des semaines. Il serait le premier à percer son secret, les autres allaient en être ébahis. Il ne pouvait en parler à personne pour l'instant, c'était une condition sur laquelle son interlocuteur avait insisté au téléphone.

Après avoir traversé la rue des Saints-Pères, il s'engagea dans la rue de l'Université. En quelques pas, on changeait non seulement d'arrondissement, mais aussi d'ambiance. Les immeubles haussmanniens étaient cossus, les passants compassés et les vitrines d'antiquaires regorgeaient d'objets précieux. Il avait rendez-vous au numéro dix, dans l'immeuble en fond de cour. Quand il poussa la lourde porte de bois qui ouvrait sur le porche, son cœur se mit à battre la chamade. Dans quelques minutes, il saurait enfin.

Expliquer ce qui s'était joué entre Fabien et lui… En arrivant au dernier étage, Antoine ressassait encore les raisons qu'il avait tenté de donner à ses amis. Vagues, floues. Il n'était pas allé au cœur des choses, accablé à l'idée de remuer tous ces souvenirs, et pris de court. Il fallait qu'il rassemble des éléments auxquels il n'avait pas pensé depuis longtemps. Très longtemps. Depuis qu'il avait construit une vie loin de ce qu'il connaissait, qu'il avait radicalement coupé avec la moindre familiarité. Un pays neuf, une vie neuve, des amis, des relations neuves. Rien qui puisse le ramener à la première partie de son existence. Les raisons de son exil, il les avait données en partie. Les germes. Sa mère. Leurs disputes de plus en plus virulentes. Mais ce qu'il avait été incapable d'avouer, c'était la cause de l'ultime affrontement, le déclencheur de sa fuite. La trahison finale.

Il avait quitté le studio dans la nuit, à la hâte, ayant jeté dans un sac à dos quelques vêtements, ses carnets de croquis, des souvenirs, tandis que sa mère continuait ses harangues hallucinées, de plus en plus ivre et de plus en plus mauvaise. Tous les reproches habituels étaient décuplés par sa hargne et le sentiment, aussi, qu'il était en train de lui échapper. Il venait de comprendre que, malgré ce qu'elle proclamait, elle avait besoin de lui. Besoin du prétexte de sa présence, depuis sa naissance, pour justifier ses échecs et ses errements, toutes ses incapacités. Besoin d'un souffre-douleur, d'un exutoire à toutes ses frustrations. Depuis sa naissance, il faisait le dos rond, cherchait à se faire aimer, ou au moins pardonner la somme des griefs sans cesse en progression. Même si depuis l'adolescence il lui répondait, le gouffre d'incertitudes, de culpabilité n'avait cessé de croître. Pourquoi cette fois-ci n'avait-il pas adopté sa position habituelle de protection ? Pourquoi avait-il enfin ouvert les yeux, compris non seulement qu'il ne trouverait jamais grâce à ses yeux, mais qu'il avait le pouvoir, finalement. Le pouvoir de faire cesser toute cette violence, et d'une manière si simple qu'il eut presque envie de rire. Partir. Au lieu d'alimenter la machine infernale par sa présence, il pouvait juste tourner les talons, quitter la scène, laisser l'autre protagoniste s'égosiller. Il ne lui devait rien. Il avait tout supporté, tout essayé, et il prit brutalement conscience qu'il n'avait rien, en revanche, pardonné. Elle avait prononcé les mots de trop, sorte de formule magique qui l'avait affranchi du sort qui le retenait près d'elle.

« Bien sûr que je le savais ! »

Six mots pour une libération.

Six mots qui venaient clore un cycle entamé dix ans auparavant, dans la souffrance indicible de la disparition de Fabien.

Les germes avaient été plantés pendant le premier week-end qu'il avait passé chez son ami.

Quand il avait sonné à la porte, fleurs en main, il n'en menait pas large. Sa mère lui avait fait de telles recommandations, sur un ton si comminatoire, qu'il en était venu à redouter ce qui aurait dû être un moment de plaisir. S'il faisait le moindre faux pas, elle risquait de perdre son contrat avec le père de Fabien, ce qui serait une catastrophe absolue.

Il déglutit en entendant des pas s'approcher et sourit nerveusement alors que la haute silhouette du père se dessinait dans l'embrasure.

« Entre ! Sois le bienvenu !

— Bonjour monsieur, bredouilla-t-il.

— Ma femme est à la cuisine, j'imagine que les fleurs sont pour elle ?

— Oui monsieur…

— Pas de "monsieur", appelle-moi Marc. Allez, viens, je te montre le chemin. »

Antoine l'avait suivi dans un long couloir bordé de bibliothèques, dont les planches ployaient sous le poids de centaines de livres, jusqu'à une cuisine à l'aspect vieillot. Les meubles étaient en formica bleu clair ; l'évier blanc, d'une pièce, occupait tout l'espace sous la fenêtre, qui s'ouvrait sur la cour intérieure. Des carreaux de faïence bleus et blancs dessinaient un motif floral sur les murs, dont certains pans étaient cachés par des casseroles de cuivre suspendues à des crochets.

La mère de Fabien se tourna vers lui en lui souriant gentiment, puis le remercia avec effusion en voyant le bouquet qu'il lui tendait.

« Oh, qu'elles sont jolies ! Merci Antoine. Et tu remercieras ta mère de ma part.

— Tu vas peut-être te fendre de remerciements directs, non ! » la coupa Marc d'une voix dure.

Le sourire d'Antoine se figea l'espace d'un instant. Il lut brièvement la peur dans les yeux de la mère de Fabien, avant qu'elle se reprenne et acquiesce avec énergie.

« Oui, bien sûr, je l'appellerai moi-même ! Va donc rejoindre Fabien dans sa chambre. Tu connais le chemin ? À droite dans l'entrée. »

Antoine fila sans demander son reste.

Fabien lui expliqua qu'ils ne devaient pas sortir de la chambre avant d'être appelés pour le dîner, son père ayant besoin de ce moment de calme.

« De toute façon, on est mieux ici ! Tu veux qu'on sorte les soldats de plomb ? »

Antoine était sur le point de répondre quand son regard fut attiré par un fragment de carte à jouer qui dépassait du sous-main, sur le bureau. Il se leva d'un bond, plus rapide que Fabien à qui la découverte de son ami n'avait pas échappé. Antoine brandit le Roi de trèfle avec les dessins, sourcils froncés.

« Non mais qu'est-ce que c'est ? Tu l'avais ? »

Fabien tenta de la lui arracher des mains, sans succès. Antoine avait bondi sur le lit. Il avait bien dit qu'ils devaient être silencieux, et Antoine savait que la crainte que le bruit attire les foudres de son père était une protection parfaite. Fabien serra les poings en silence, la respiration saccadée, cherchant quelque chose à dire. Il lâcha finalement un « oui » sourd, envahi d'une détresse qui fut sur le point d'attendrir Antoine. Il savait combien leur amitié comptait pour Fabien, leur groupe, les Quatre Fantastiques. S'il ne comprenait pas qu'il devait s'expliquer...

« Je vais te dire un secret, mais tu dois promettre de le garder. »

Antoine aurait voulu laisser sa colère s'exprimer, mais lui non plus, même si son ami ne le savait pas, ne pouvait se permettre de risquer un esclandre à cause des répercussions éventuelles sur les relations de sa mère avec le père de Fabien. Il descendit du lit, posa dans un geste grave la carte sur le bureau et se planta devant Fabien.

« Je t'écoute.

— Voilà, tu te souviens du message que nous avons reçu après le spectacle, dans la crypte ?

— Avec le nouvel indice ?

— Oui. J'ai réussi à le comprendre... »

À vrai dire, en reconstituant le dessin des cartes il avait fait le plus difficile. Ce que contenait le message, c'était une phrase sibylline, au sujet de laquelle ils s'étaient creusé la tête : « Et les dessins montrent le dessein. » Ils avaient passé tout le spectacle au crible de leur mémoire avant qu'Antoine évoque les dessins sur les cartes à jouer. Il était convenu que Fabien les rapporterait à la cabane pour un nouvel examen, mais, à peine rentré chez lui, il s'était replongé dans le puzzle, dont il n'avait pas dit à ses copains qu'il était presque terminé. Il voulait les surprendre et les épater. Ce qu'il avait découvert, c'était que les cartes noires, par contraste avec les rouges, formaient deux lettres majuscules. R et H. il avait reçu pour Noël un *Quid*, leur père ne voulant que des cadeaux utiles. Dans l'article sur la magie, il avait percé le mystère, le cœur battant. Il avait à son tour préparé un message pour leur interlocuteur, avec le résultat de ses investigations, qu'il avait déposé avant d'aller à l'école. Le soir, il avait rusé pour retourner à la cabane sans les autres, et avait trouvé une réponse.

« Et alors ? demanda Antoine au comble de la curiosité.

— Ben, il m'a donné rendez-vous.

— Où ? Chez lui ?

— Oui.

— Faut pas y aller ! Surtout pas !

— J'y suis déjà allé. »

Antoine resta coi. Fabien affichait un air satisfait, car il savait que la question suivante n'allait pas tarder.

« Et alors ? Qu'est-ce qu'il s'est passé ? »

Fabien se lança dans un récit circonstancié de son expédition.

Une fois le porche franchi, il s'était retrouvé dans une petite cour où quelques voitures étaient garées. Au fond, au milieu du bâtiment, une double porte ouvrait sur des ateliers. Vers la droite, presque à l'angle, se trouvait le portillon vitré que lui avait décrit son mystérieux correspondant. Il l'avait poussé d'une main tremblante, jetant un dernier regard derrière lui pour vérifier que personne ne le voyait. Quelques instants auparavant, un enfant blond avait traversé la cour pour prendre l'escalier de l'immeuble du fond, tracté par sa grande sœur qui lui faisait la leçon. Il ne voulait pas faire ses devoirs et chouinait en traînant les pieds. L'aînée, aussi brune que son frère était blond, avait jeté sur Fabien un regard curieux. Il lui avait souri et elle s'était engouffrée dans l'entrée de l'immeuble après lui avoir souri en retour.

Rassuré sur la discrétion de son entrée, il avait refermé la porte derrière lui en l'accompagnant pour qu'elle ne claque pas. Une prudence absolue lui avait été demandée. Dans le couloir peu éclairé, il avait avancé lentement pour laisser à ses yeux le temps de s'accommoder. La deuxième porte sur la gauche était entrouverte, comme annoncé. Il avait frappé deux coups légers, l'avait poussée dans la foulée et avait reconnu immédiatement l'homme qui avait donné le si merveilleux spectacle.

« Et alors, qu'est-ce qu'il te voulait ?

— Il m'a montré des tours.

— De magie ? demanda Antoine, les yeux soudain brillants.

— Ben oui. Et il m'a dit le truc de l'un d'entre eux. »

Antoine ouvrit la bouche de stupéfaction.

« Mais pourquoi à toi tout seul ? » ne put-il s'empêcher de lâcher. Il ressentait un pincement qu'il n'associa pas tout de suite à de la jalousie. D'abord à de la tristesse, comme si, par cet acte solitaire, son ami s'était désolidarisé irrémédiablement.

« Il m'a dit qu'il avait remarqué que j'avais adoré le spectacle. Et qu'il était content que j'aie réussi à déchiffrer l'énigme des cartes.

— C'était quoi, alors ?

— Pour lui, continua Fabien sans répondre, ça montre que je suis vraiment passionné, c'est pour ça qu'il va me transmettre ses tours.

— Te transmettre ses tours ? Mais… ?

— Oui, il cherche un héritier, tu comprends, c'est comme ça que ça se passe dans le monde des magiciens. »

Fabien parlait sur un ton rapide, envahi par une exaltation telle que les mots se bousculaient. Il avait sauté sur ses pieds et marchait de long en large dans la chambre en se frottant les mains. Antoine le suivait du regard, hésitant à formuler les mots qui lui brûlaient la bouche. *Tu aurais pu nous attendre ! On est une bande ! Tu n'avais pas le droit de faire ça tout seul !*

Quarante ans plus tard, Antoine revoyait la scène dans ses moindres détails. Le pantalon de velours côtelé de Fabien, son sous-pull iconique de ces années-là, son épi au milieu du front et sa fossette qu'Antoine trouvait si chouette à l'époque. Son ami, qui avait dix ans pour toujours, et dont il n'avait jamais oublié combien il était heureux en lui racontant son expérience. Son bonheur avait été brisé net un peu plus tard, à table. Et Antoine n'y était pas pour rien. Ce fameux week-end, il l'avait revécu tellement de fois qu'il restait gravé en lui, quels que soient ses efforts pour l'oublier.

Ils étaient passés à table dans la salle à manger – en son honneur, avait précisé le père de Fabien. D'habitude, les enfants mangeaient à la cuisine, seuls, tandis que les parents attendaient qu'ils soient au lit pour dîner.

« Les enfants sont si pénibles, quand ils s'y mettent ! avait lâché le père en faisant un clin d'œil à Antoine.

Toujours à se disputer, à couiner pour des bêtises. Tant qu'ils n'auront pas compris qu'il faut laisser les adultes en paix, ils seront traités comme des citoyens de seconde zone. »

Antoine avait souri en retour, d'abord hésitant, ne sachant pas s'il était compté au rang des enfants – ce qu'il était – ou si le ton chaleureux du père de son copain lui conférait un statut spécial.

Marc – il lui avait expressément demandé de l'appeler par son prénom – avait posé une main sur son épaule avant de continuer.

« Bien sûr, toi, tu ne connais pas ça. Quelle chance ! J'ai toujours trouvé que les enfants uniques avaient un statut privilégié. Avec la mère que tu as, en plus, tu dois passer des moments exceptionnels… »

Alors que Marc continuait le panégyrique de sa mère, Antoine ne put s'empêcher de jeter des regards furtifs au reste de la famille. Les deux frères de Fabien mangeaient le nez plongé dans leur assiette, indifférents à ce qui se passait autour d'eux. Mais Fabien et sa mère, Antoine le sentait par tous les pores de sa peau, étaient tendus. Il croisa brièvement le regard de son copain et détourna les yeux immédiatement.

« D'ailleurs on voit tout de suite que tu n'es pas comme les autres enfants, ceux des fratries. Tu as une maturité évidente.

— Merci monsi… Marc.

— Ne me remercie pas. Je suis content que tu sois ami avec Fabien, ça ne peut lui faire que du bien. Il est tiré en arrière par ses petits frères, et sa mère ne sait pas élever des garçons. »

Antoine déglutit en tentant de garder une contenance. Les compliments du père de Fabien, sa façon de s'adresser à lui comme à un interlocuteur valable, l'intérêt qu'il lui portait l'emplissaient de bonheur. Il se voyait raconter à sa mère comme il avait été apprécié, et anticipait sa satisfaction. Il choisit d'ignorer ce remords qui se nichait dans un coin de sa conscience, cette épine dans la plénitude qu'il ressentait, ce sentiment que chaque compliment avait son reflet inversé dans le cœur de son ami. Il voulait juste profiter de l'instant et se persuada qu'il ne faisait rien de mal à ne pas détromper Marc, à ne pas défendre Fabien.

Plus tard, quand la mère de Fabien apporta le dessert, l'ambiance avait changé. Sitôt servi – le dernier, car il était le plus jeune –, le petit frère de Fabien se jeta sur le gâteau, tandis que les autres gardaient les mains posées sur la table, de part et d'autre de leur assiette. Antoine, qui avait lui aussi esquissé un geste vers sa cuillère, moins vite heureusement, rentra la tête dans les épaules en entendant le rugissement de Marc.

« Je n'ai pas dit de manger ! Pose ça tout de suite ! »

Le petit ouvrit de grands yeux, qui se remplirent de larmes. Le temps resta suspendu quelques instants, empreint d'une tension qui laissait craindre une énorme déflagration, avant que le père, posant le regard sur Antoine, lâche finalement :

« Vous pouvez y aller. »

Chacun entama sa part dans un silence ponctué par le claquement des petites cuillères sur la porcelaine.

« C'est délicieux », osa enfin murmurer Antoine à l'adresse de la mère de Fabien comme on lui avait recommandé de faire.

Il reçut en retour un sourire muet de celle-ci, qui replongea aussitôt la tête vers son assiette. Repoussant bruyamment sa chaise, Marc se leva sitôt la dernière bouchée avalée.

« Je vais dans mon bureau, je ne veux pas entendre un bruit ! »

Ils terminèrent le repas et débarrassèrent en silence, chacun prenant un soin particulier à ne pas entrechoquer les ustensiles. Puis la mère les libéra en leur demandant d'aller se brosser les dents et se mettre en pyjama. Antoine suivit Fabien dans le long couloir et, une fois dans la chambre, lui demanda à voix basse :

« On doit se coucher à quelle heure ? »

Fabien le regarda sans répondre puis haussa les épaules.

« Toi, tu fais ce que tu veux, puisque tu es si parfait…

— Comment ça ? hasarda Antoine.

— Tu as bien entendu, non ? Mon père trouve que tu es un enfant idéal. »

Fabien s'était planté devant lui, bras croisés sur la poitrine, et le fixait les sourcils froncés, entre tristesse et dépit.

« Ben, j'allais pas le contredire… Je… Je savais pas quoi faire… »

Antoine avait conscience de la faiblesse de ses arguments, tout en ne voyant pas comment exprimer avec plus de précision l'impasse dans laquelle il se sentait acculé.

Fabien vida soudain ses poumons et abandonna son attitude de défi.

« Tu as de la chance qu'il t'aime, toi. »

Antoine posa une main sur l'épaule de son ami, dans un geste qu'il jugea maladroit mais indispensable.

« Il a juste voulu être gentil parce qu'il ne me connaît pas. C'est peut-être parce qu'il travaille avec ma mère. »

Il ne put terminer sa phrase. Si cela avait quelque chose à voir, c'était dans l'autre sens. Sa mère avait besoin de clients, et pas l'inverse, il le savait bien. C'était d'ailleurs ce qui donnait tant de prix aux paroles de Marc. Il n'ajouta rien, jugeant qu'il avait donné assez de gages à son ami. Le bonheur de se sentir apprécié d'un adulte, d'être reconnu comme un interlocuteur, d'être considéré comme une personne, il voulait le garder intact, le choyer, l'invoquer encore et encore, sans que personne vienne le lui ôter – et surtout pas lui-même, avec ses raisonnements à n'en plus finir.

Le reste du week-end s'était déroulé dans cette ambiance étrange où Antoine, piégé entre les compliments de Marc et la tristesse grandissante de Fabien, n'avait su trouver ni l'attitude ni les mots adéquats.

Plus de quarante ans plus tard, il se souvenait encore de cet entre-deux teinté d'un sentiment de culpabilité impossible à ignorer qui, telle une tache de salpêtre, finissait toujours par réapparaître. Et chaque nouvel assaut alimentait un peu plus, en mouvement de balancier, une rancœur injuste envers Fabien. S'il n'avait pas vu chez son ami le désespoir de n'avoir pas droit à l'attention bienveillante de son père, il aurait pu profiter vraiment de ce bonheur nouveau d'un regard masculin aimant.

En arrivant au studio, il s'était servi machinalement un verre de blanc. Les toits de Paris ne changeaient pas trop, contrairement à ses rues. Il se perdit dans la contemplation du zinc, scrutant les fenêtres éclairées et imaginant les vies sur lesquelles elles s'ouvraient. Malgré ses efforts pour penser à autre chose, tout le ramenait à Fabien.

Après ce premier week-end, il y en avait eu deux autres, qui s'étaient déroulés dans la même ambiance. Le père de Fabien passait d'assez longs moments à discuter avec lui, le questionnant sur ses lectures, ses jeux, ses goûts cinématographiques, et lui répondant avec force détails pour faire durer la conversation.

« Tu as de la chance d'aller autant au cinéma, lui avait glissé Fabien à la suite d'une de ces conversations, mon père refuse que nous y allions, nous.

— Ah bon ? Mais pourquoi ? s'était étonné Antoine.

— Il dit qu'il vaut mieux lire. Que les films, c'est comme la télé, ça rend stupide.

— C'est ridicule ! D'ailleurs lui, il doit y aller souvent, puisqu'il en a vu plein… »

Fabien n'avait pas répliqué, inaugurant l'attitude qu'il allait prendre par la suite. Il s'était résigné, affichant un visage neutre pendant les échanges entre son père et Antoine, et patientant jusqu'à ce que ce dernier soit de nouveau à lui. Puis ils reprenaient leurs activités sans qu'il fasse le moindre commentaire. Ce silence était sûrement ce qui avait le plus pesé à Antoine, après.

Il y entendait *a posteriori* les reproches non formulés, la tristesse, le sentiment de trahison, même. Il y voyait les germes de la suite, de la disparition de Fabien, un soir, alors qu'ils avaient rendez-vous quelques jours plus tard pour une nouvelle représentation. Ce silence définitif et insupportable, qui lui bourdonnait aux oreilles comme un hurlement muet. Il n'avait revu qu'une fois les parents de Fabien. Après la disparition de leur fils, ils avaient déménagé sans même attendre la fin de l'année scolaire.

Les souvenirs se firent si présents qu'Antoine se laissa tomber dans le canapé. Quelques jours avant, ils avaient donc trouvé un nouveau message dans la cabane, une invitation pour une autre soirée fantastique, comme les appelait leur hôte.

Fabien avait bien sûr raconté à Sophie et Valentin sa première visite au magicien, suivie de plusieurs autres. À la différence d'Antoine, ils n'avaient pas marqué de dépit ou de jalousie, du moins en apparence, se contentant de l'écouter des étoiles dans les yeux.

« Tu vas devenir un vrai magicien ! s'était exclamée Sophie tandis que Valentin lui tapait dans le dos. Tu sais déjà quelques tours ? »

Fabien avait sorti une pièce de cinq francs de sa poche et s'était mis, l'air de rien, à la faire passer d'un doigt à l'autre dans un mouvement si fluide que ses amis en restèrent cois. Puis il l'avait fait disparaître avant de la retrouver dans l'oreille de Sophie, dans la grande tradition des prestidigitateurs. Antoine, émerveillé, oublia le sentiment en demi-teinte qui l'habitait depuis que Fabien avait rencontré leur hôte mystérieux, et se laissa aller au plaisir de chercher à comprendre ce qui semblait réellement magique. Fabien effectua ainsi une série de manipulations, ne s'interrompant qu'après avoir été rappelé à l'ordre par leur maîtresse, pour rejoindre le rang.

En évoquant cette scène, Antoine eut le sentiment de sentir de nouveau l'odeur du nettoyant qui imprégnait les escaliers de l'école, de sentir sous ses doigts les irrégularités de la peinture beige des murs, des sortes de petites bosses, comme des gouttes, qui texturaient toutes les surfaces. Lui revint aussi l'appréhension qui l'envahissait au moment de franchir la porte de leur classe, plus forte que ce qu'il avait jamais ressenti jusque-là. Quand il se remémorait ces années de primaire, deux instit' sortaient du lot. Mme Benjamin, du CM2, d'abord, évidemment. Et aussi celui de la neuvième, comme ils avaient alors l'habitude d'appeler le CE2, un homme qui, malgré son habitude de tirer les oreilles, lui avait terriblement plu. Il avait vite compris comment entrer dans ses bonnes grâces et avait profité de son attention bienveillante toute l'année. Une parenthèse de rêve dans sa scolarité, dont le CM2 avait été l'exact contre-pied.

Fabien leur avait refait des tours sur le chemin du square, puis ils étaient allés dans leur cabane et, là, avaient trouvé la nouvelle invitation. Fabien n'avait pas paru surpris le moins du monde, et son air supérieur de celui qui savait tout avait une nouvelle fois pincé le cœur d'Antoine. Les années passant, il avait vécu avec ce souvenir de son dépit, incapable d'abord de mettre des mots dessus, une explication, puis il l'avait cerné peu à peu, relié avec d'autres sentiments qui l'avaient habité durant son enfance et son adolescence. Chaque fois qu'il lui semblait que quelque chose se déroulait dans son dos, qu'il était exclu d'un secret ou d'un projet, se mettait en branle dans son cerveau un « petit vélo », des pensées obsédantes, on ne l'aimait pas, il était de trop, il ne méritait pas de faire partie du cercle. Cela lui semblait alors d'une telle évidence qu'il s'en voulait d'avoir eu l'illusion un jour que sa compagnie puisse être recherchée. Et surtout par les adultes.

Il avait mis des années à se défaire de ce sentiment. Et encore lui arrivait-il de le sentir revenir en force par moments, raz-de-marée qui le laissait désemparé, incertain et parfois agressif, selon les circonstances. Il en avait encore fait l'expérience avec Sarah, lorsqu'elle lui avait annoncé qu'elle était enceinte. Elle avait beaucoup parlé, comme pour le noyer sous un flot d'explications et de justifications, avant de lâcher que, quoi qu'il veuille faire, elle avait décidé, elle, de garder cet enfant. C'était sa dernière chance, et elle avait appris la nouvelle comme une évidence, quand bien même elle n'avait rien planifié. Elle comprendrait, bien sûr, qu'il se sente mis devant le fait accompli – c'était le cas –, mais elle ne pouvait pas faire autrement.

« Mais tu vas lui dire quoi, à cet enfant ? avait-il finalement demandé d'une voix blanche. Comment tu vas lui expliquer qu'il n'a pas de père, si je ne le reconnais pas ? Comment… ? »

Il s'était tu, conscient qu'il n'avait pas la réaction adéquate, mais incapable de se défaire de l'impression brutale de se retrouver face à sa propre mère, revenue du passé. Sarah lui ressemblait, cela lui apparut avec une force troublante, à la fois par quelques traits physiques – ses longs cheveux, son teint pâle, ses yeux cernés de noir – et par cette énergie qu'elle mettait à expliquer les tenants et aboutissants de sa décision, sans lui laisser le temps de réfléchir.

Sarah était plus jeune que lui, il l'avait connue dix ans auparavant, alors qu'elle fêtait ses trente ans. Elle posait sur lui, en toutes circonstances, un regard si tendre et si tranquille qu'il avait peu à peu accepté de l'aimer, lui qui s'attachait si difficilement. Pour elle, il s'était installé en Espagne, rompant avec le nomadisme qui était le sien depuis sa vingtaine. Pour elle, il avait rompu avec ses habitudes de solitude en emménageant dans son appartement. Pour elle, il avait laissé des amis entrer dans son intimité, partageant plus que des dîners. Ils avaient un cercle proche, des gens avec qui ils étaient heureux de passer des vacances, année après année, à qui ils pouvaient se confier, qui connaissaient leurs défauts et les aimaient quand même. Il était heureux de cette vie, reconnaissant envers Sarah de lui avoir ouvert cet univers. Mais un enfant…

La responsabilité lui semblait écrasante, au-delà de ses forces. Et s'il ne s'entendait pas avec lui ? S'il se rendait compte qu'ils n'avaient rien en commun ? Et comment lui transmettre ce que lui n'avait jamais reçu ? Comment devait se comporter un père ? Le tourbillon des questions sans réponse lui donnait le vertige, et pourtant il l'invoquait chaque fois qu'il sentait vaciller sa détermination à ne pas être père. S'il se laissait aller à imaginer ce que pourrait être leur vie, ce que pourrait être sa vie avec son petit, il revoyait Pascal, le voisin qui l'avait pris sous son aile. Pascal se comportait avec lui comme un copain protecteur, qui n'hésitait pas à lui faire des remontrances si ses notes n'étaient pas bonnes mais riait au récit de ses insolences en classe. Au fil des années, il avait pu lui confier ses doutes, ses questions, ses angoisses et ses chagrins. Il lui vouait une confiance sans faille, n'ayant jamais eu le moindre doute quant à la sincérité de son amitié et de ses intentions, même lorsqu'il lui faisait des reproches, et respectait son autorité. Au fond, c'était sûrement l'image paternelle qui l'inspirait le plus. S'il pouvait être ainsi avec son propre enfant…

Antoine se torturait avec ses doutes et ses questions alors même, il en avait l'intuition profonde, que son choix était fait. Si cet enfant naissait – et Sarah avait été claire sur ses intentions –, il ne pourrait faire autrement que de s'en occuper. Jamais il ne pourrait supporter d'être la cause d'une enfance comme la sienne. Et c'était bien pour cela qu'il était terrifié.

La sonnerie de son téléphone le fit sursauter. Valentin. Il ne décrocha pas, préférant prendre le temps de réfléchir après avoir écouté son message. Revoir ses amis d'enfance le troublait profondément, et pourtant il n'avait pas envie de fuir de nouveau. Passé le choc de retrouver des cinquantenaires alors qu'il gardait en tête l'image de leurs vingt ans, il avait rapidement discerné, derrière les marques du temps, l'étincelle de leurs dix ans. La naïveté désarmante de Valentin. La gentillesse quémandeuse de Sophie. Cachés derrière des gestes d'adultes, des pauses et des certitudes, des regrets et des compromissions. Tout comme lui. Ils avaient passé une bonne soirée. Mais, Antoine le savait, il n'avait pas répondu à la demande primordiale de ses amis : les raisons profondes de son départ. S'il voulait restaurer quelque chose entre eux, il devrait s'expliquer, un jour ou l'autre. Et lâcher ce qu'il savait sur Fabien. Tout était lié.

Sophie avait tout de suite compris que quelque chose clochait en apercevant la directrice en compagnie des parents de Fabien. Depuis sa place, il lui suffisait de pivoter d'un demi-tour pour avoir vue sur la cour, ce qu'elle n'aurait jamais fait si Mme Benjamin avait été là. Mais leur maîtresse était malade depuis quelques jours et sa remplaçante était loin d'avoir la même autorité qu'elle. La directrice avait regardé vers les fenêtres de leur classe et Sophie s'était vivement retournée, effrayée à l'idée d'avoir été surprise en flagrant délit de curiosité. Quelques minutes plus tard, la porte de la classe s'était ouverte et la directrice était entrée d'un pas martial, alors que tous les élèves se levaient.

Elle garda le silence un instant avant de prendre la parole.

« Sophie, Antoine et Valentin, venez avec moi. »

Ils se regardèrent, immobiles, puis Sophie se décida, suivie des deux garçons. Son cœur battait si fort qu'elle craignait que tout le monde l'entende. Fabien était absent depuis quelques jours, et, quand ils avaient téléphoné chez lui, on leur avait répondu qu'il était souffrant. Mais là, avec ses parents dans la cour, et la directrice qui venait les chercher… Les idées de Sophie fusaient, désordonnées, dans une panique telle qu'elle rata une marche et manqua tomber. Ils traversèrent la cour au petit trot derrière la directrice, puis s'engouffrèrent dans le hall et montèrent au premier étage.

En pénétrant dans le bureau, ils découvrirent les parents de Fabien et deux policiers. Les trois enfants se rapprochèrent instinctivement, comme pour faire bloc, tandis que la directrice prenait la parole.

« Votre camarade, Fabien Desormeaux, a disparu depuis ce week-end. Nous sommes tous très inquiets, évidemment, et les policiers vont vous poser quelques questions. »

Ils hochèrent la tête de conserve et se tournèrent vers les deux hommes en uniforme. Le plus âgé prit la parole en les fixant sans ciller.

« Quand l'avez-vous vu pour la dernière fois ?

— Vendredi dernier, à l'école », répondit Antoine du tac au tac.

Le regard de l'homme se posa sur les deux autres, qui hochèrent la tête en silence.

« Comment ça s'est passé ? Il était comme d'habitude ?

— Oui, répondit Sophie après avoir avalé sa salive trop bruyamment à son goût. On s'est dit au revoir sur le trottoir, après avoir un peu parlé. Fabien était pressé parce qu'il ne voulait pas être en retard à la maison. Il est parti en courant.

— Il était souvent en retard ?

— Oh non ! »

Sophie allait ajouter qu'il redoutait tellement de se faire gronder qu'il ne l'était jamais, mais la présence des parents la fit taire. Ils se tenaient près de la fenêtre, le père dominant la mère de sa haute taille. Elle avait le regard plongé vers le sol depuis qu'ils étaient entrés, comme si elle ne voulait pas les voir, tandis que lui ne les quittait pas des yeux, sourcils froncés.

« Et samedi, vous n'aviez pas rendez-vous ? »

Ce fut Valentin qui répondit, cette fois, d'une voix serrée.

« Non, pas ce samedi-là.

— Vous avez l'habitude de vous retrouver le samedi, pourtant, d'après ce qu'on m'a dit.

— Pas toujours, ça dépend...

— Ça dépend de quoi ?

— Ben, on n'a pas toujours le droit... On a les devoirs... Ça dépend... »

Valentin avait répondu de plus en plus faiblement, jusqu'à terminer dans un souffle. Incapable de soutenir le regard du policier, il baissa la tête.

« Est-ce qu'il vous a dit quelque chose qui pourrait laisser penser qu'il allait fuguer ?

— Non, jamais ! Il n'aurait jamais fait ça ! répliqua Antoine tandis que les deux autres secouaient la tête. Il n'avait pas de raison de... »

Antoine s'interrompit, incertain tout à coup. Partir de chez soi ? Volontairement ? Pour avoir traîné tant de fois dans le quartier à la nuit tombée, il savait que la sécurité d'une maison était bien plus confortable. Même quand sa mère était vraiment dure, il préférait de loin faire le dos rond que de risquer de se trouver dehors. Et Fabien qui habitait un bel appartement, avec une chambre, même s'il la partageait avec son frère... Mais, alors qu'il passait mentalement en revue ces arguments, des images parasites du dernier week-end là-bas lui revinrent. Le père de Fabien s'était mis dans une colère noire contre Jérôme, le petit frère, au point de l'envoyer brutalement valser contre la porte de sa chambre. Antoine, témoin involontaire, avait été incapable de bouger et le père s'était retourné brusquement, sentant une présence derrière lui. En un instant, la fureur qu'on pouvait lire sur son visage s'était transformée en sourire – comme par enchantement. Antoine aurait douté de ce qu'il avait vu, si le nez de Jérôme, qui avait percuté le mur avec violence, n'avait pas dégouliné de sang. Le père s'était approché d'Antoine, l'avait pris par l'épaule et entraîné vers le salon dans le même mouvement, tout en lui proposant de lui montrer sa nouvelle caméra super-8. Antoine s'était laissé faire, et, un moment plus tard, autour de la table du dîner, tout semblait rentré dans l'ordre.

« Il ne nous a jamais parlé de ça, continua-t-il d'une voix moins assurée. Il nous l'aurait dit… Il n'aurait pas… »

Antoine essuya machinalement ses mains moites contre son pantalon de velours avant de reprendre, sans toutefois finir sa phrase.

« Vous croyez qu'il… ?

— Nous ne croyons rien à ce stade. Nous cherchons à reconstituer son emploi du temps. »

Un silence se fit, qui sembla durer des heures à Valentin. Il se tortillait, passant d'un pied sur l'autre comme si le sol était brûlant. Plus il pensait à la dernière fois où il avait vu Fabien, moins il avait de souvenirs, comme s'ils lui échappaient par quelque tour de passe-passe. Cette image le fit passer à celle des soirées fantastiques, et au mystère qui les entourait. Fallait-il en parler ?

« Si quelque chose vous revient, continua finalement l'homme en les regardant à tour de rôle, il faut absolument que vous nous le disiez. C'est très important. N'importe quel détail. »

Valentin regarda les deux autres, se demandant s'ils pensaient à la même chose, mais leurs visages étaient impassibles. Ils retournèrent en classe la tête enfoncée dans les épaules, enfermés dans leurs suppositions et inquiets qu'on puisse déceler une connivence entre eux. Instinctivement, ils partirent chacun de leur côté après la sonnerie finale, s'éloignant en direction de chez eux tant qu'on pouvait les voir depuis l'école. La directrice, fait exceptionnel, avait assisté à la dispersion des élèves, bras croisés et mine fermée.

Antoine, après avoir tourné un quart d'heure dans le quartier pour être sûr que tous les élèves avaient quitté le périmètre, enjamba la clôture basse qui séparait l'allée des bosquets et se glissa derrière les ruines, non sans avoir méticuleusement observé les environs auparavant. Il ne s'agissait pas de se faire remarquer. Pas de nouveau message. Rien n'avait été touché, il pouvait l'affirmer car les pièges qu'il avait disposés la fois précédente étaient intacts. Il s'installa sur une pierre et attendit, les coudes posés sur ses genoux et les mains soutenant son menton. Il ne pouvait rien voir du square, bien caché derrière les feuillages, mais son ouïe était aux aguets. Bientôt, des craquements de brindilles lui indiquèrent que quelqu'un approchait. Il releva la tête, prêt à déguerpir, puis vit avec soulagement Valentin apparaître, suivi par Sophie. Ils s'assirent près de lui puis Sophie se lança.

« Qu'est-ce qu'on fait maintenant ? attaqua-t-elle d'une voix blanche.

— Il faut qu'on leur parle des spectacles ! intervint Valentin sur un ton angoissé. Il faut qu'on leur dise tout, c'est sûrement le magicien qui l'a fait disparaître !

— Pourquoi aurait-il fait ça ? Il voulait lui transmettre ses tours, répliqua Antoine péremptoirement. Non, moi je crois qu'il a fait une fugue et... »

Il ne finit pas sa phrase, envahi par le souvenir de l'homme qui l'avait suivi, quelques mois plus tôt. Et si Fabien avait fait une mauvaise rencontre ? S'il était effectivement parti de chez lui, mais que quelque chose ait mal tourné ? L'hypothèse de son départ était la plus évidente aux yeux d'Antoine. Et c'était en grande partie sa faute. Il ferma les yeux un instant, pris d'un vertige au souvenir du dernier week-end qu'il avait passé chez son ami.

Quand le père de Fabien avait ouvert la porte, Antoine avait senti que quelque chose n'était pas comme d'habitude. L'homme était tendu et l'avait à peine accueilli, avant de se reprendre et de poser une main sur son épaule. Habituellement, Antoine appréciait ce geste qu'il assimilait à une attitude paternelle, mais là quelque chose de pesant l'accompagnait, et la pression des doigts sur le creux de sa clavicule lui avait fait mal. Il avait cherché à échapper à l'emprise, sans succès, le père de Fabien l'accentuant à mesure qu'il se dérobait. Il avait fini par lâcher une plainte, ce qui avait eu pour effet d'irriter l'homme.

« Tu ne vas pas commencer à couiner comme une femmelette ? Pas toi !

— Non m'sieur », avait murmuré Antoine, pris de panique.

Puis Fabien était arrivé dans l'entrée, et la main de fer s'était soudain faite plus légère.

« Ça me fait toujours plaisir de te voir chez nous, Antoine ! s'était exclamé le père de Fabien. Autant que de travailler avec ta mère. Tu lui transmettras le bonjour. »

Les deux garçons s'étaient repliés dans la chambre, Antoine suivant Fabien en tentant de ravaler les larmes qu'il sentait poindre. Pourquoi avait-il été traité comme ça ? Pourquoi le père, habituellement si gentil, s'était-il montré si agressif ?

Le plaisir d'être dans cette famille s'en trouvait rompu et Antoine eut brutalement l'envie de courir se réfugier chez lui, ou à la bibliothèque, pour échapper à ce sentiment de déception intense qui l'envahissait. Alors que Fabien lui montrait ses dernières constructions en Lego, Antoine luttait toujours pour garder une contenance. Il fallait qu'il renverse la vapeur, qu'il revienne dans les bonnes grâces du père. Qu'il retrouve cette attention chaleureuse qui lui était habituellement accordée. Quand ils furent appelés pour le dîner, il entra dans la salle à manger les poings serrés dans les poches. Ils attendirent, debout derrière leur chaise, que le père sorte de son bureau. Quand il leur fit enfin signe, ils prirent place devant leur assiette.

« Alors dis-moi, Antoine, attaqua le père après un moment de silence, comment Fabien se comporte-t-il en classe ? »

Antoine sentit la panique l'envahir de nouveau. Que pouvait-il répondre à cela ?

« Euh, normalement…

— Ah, si tu le précises, c'est que justement son comportement n'est pas normal !

— Non, ce n'est pas ce que…

— Je le connais, tu sais, l'interrompit le père. Je ne te pose pas cette question par hasard. Je sais parfaitement à quoi m'en tenir. Fabien a toujours été un faible, parce que sa mère ne sait pas élever les garçons. Pas de chance, nous en avons trois. »

Antoine déglutit difficilement et sentit le rouge lui monter aux joues. Le père ne le lâchait pas des yeux. Il entendait la respiration contrainte de Fabien, à côté de lui.

« Tu ne dis rien ? Ah, tu es solidaire avec ton copain, c'est bien. Mais je vois que tu es d'accord avec moi. On est de la même trempe, toi et moi, je l'ai tout de suite compris. J'espérais que tu serais un bon exemple pour Fabien, mais pour ça, il faudrait que tu t'imposes un peu. Je compte sur toi pour lui montrer de quel bois tu te chauffes. »

Antoine acquiesça dans un mouvement automatique, se faisant l'effet d'être un de ces petits chiens en plastique sur la plage arrière d'une voiture. Pendant tout le reste du repas, le père raconta dans de grands éclats de rire toutes les fois où Fabien s'était ridiculisé, depuis ses premiers accidents au moment de l'apprentissage de la propreté jusqu'à ses déboires d'amours juvéniles pendant les vacances. Les deux frères de Fabien riaient eux aussi aux éclats, sûrement soulagés que les anecdotes humiliantes ne les concernent pas. Antoine, quant à lui, tenta au début de ménager son ami tout en contentant son père puis, n'y tenant plus, finit par rire. Après tout, comme le disait son père, Fabien devait apprendre à avoir plus d'humour, et cela commençait par savoir rire de lui-même. Le repas s'acheva dans l'hilarité générale, Fabien mettant son point d'honneur à se taper sur les cuisses pour souligner la sienne. Mais ses gloussements sonnaient faux, Antoine ne pouvait l'ignorer. Quand ils se retrouvèrent dans la chambre, le visage de son ami s'affaissa. Il ne croisa pas le regard d'Antoine et se coucha sans un mot.

Le lendemain, Antoine avait assisté à la scène de violence contre Jérôme, sans rien dire. Une fois rentré chez lui, très troublé, il s'en était ouvert à sa mère, qui était entrée dans une rage folle.

« Tu ne vas pas encore tout gâcher avec tes histoires, hein ! Vous, les enfants, vous êtes trop gâtés ! On ne peut plus rien vous dire ! Alors là, si tu avais vécu à mon époque, tu aurais vu ce que ça signifie, d'être malheureux ! »

Sa réaction habituelle, augmentée d'un couplet sur les enjeux professionnels de sa relation avec le père de Fabien, conclue par un « Va te coucher ! » comminatoire – et immédiatement suivi d'effet.

« Vous croyez qu'il aurait pu partir volontairement de chez lui, vous ? » demanda Sophie.

Valentin haussa les épaules.

« Il ne nous a jamais parlé de rien…

— Toi qui es allé chez lui plusieurs fois, dit-elle en se tournant vers Antoine, tu as remarqué quelque chose ? »

Antoine soupira, les yeux baissés.

« Non, pas vraiment. Je ne sais pas… Son père a été gentil avec moi. »

Quand il releva la tête vers ses amis, Sophie et Valentin le fixaient. Ils en attendaient manifestement plus, mais que dire ? S'il comparait la situation de Fabien à la sienne, celle de son ami lui semblait malgré tout enviable. Certes, son père était parfois dur, mais cela prouvait qu'il ne se désintéressait pas de ses enfants. Qu'il voulait le meilleur pour eux, comme il l'avait expliqué à Antoine. Et quand on voyait leurs jouets, les vacances familiales, la taille de l'appartement, on ne pouvait pas en douter.

« À mon avis, il faut chercher ailleurs, conclut-il gravement. Je ne pense pas qu'il soit parti volontairement.

— Il a peut-être été enlevé ? lâcha Valentin dans un souffle. Quelqu'un qui l'aura attiré avec des bonbons…

— Ou alors il a été le témoin de quelque chose de grave, et on l'a fait taire ! intervint Antoine, soulagé de voir les suppositions quitter le terrain glissant de la famille.

— Et si c'était lié à… » commença Sophie sans terminer sa phrase.

Les deux autres interrompirent leur réflexion, interdits, puis répliquèrent en se coupant mutuellement la parole.

« Tu crois qu'il faut en parler ?

— Ils ne vont pas nous croire, de toute façon !

— Et on va leur dire quoi, qu'on a suivi des indices ?

— Qu'on a fait une cabane dans un square qui ne nous appartient pas ?

— Ça sert à rien et en plus on va perdre notre cabane ! »

Sophie sentit les larmes lui monter aux yeux. Comment pouvaient-ils penser à leur fichue cabane alors que Fabien était sûrement en danger ? Car elle non plus ne croyait pas qu'il puisse être parti de la maison. Qui ferait ça, en plus en plein hiver ? Plus elle y pensait, plus il lui semblait évident que le magicien avait quelque chose à voir dans l'histoire. Il fallait absolument en parler aux adultes.

« On n'a qu'à pas parler de la cabane. On peut dire autre chose... je sais pas, moi, par exemple qu'il a mis un papier dans notre cartable qu'on avait posé dans le square.

— Et dire aussi qu'on l'a suivi ? Mes parents vont me tuer ! »

Valentin sentit la sueur l'envahir à l'idée de la réaction de sa mère. Il allait être privé de sortie à vie !

« On ne peut pas se taire ! On dirait que vous ne vous rendez pas compte de ce qui se passe ! C'est grave ! Si ça se trouve, Fabien est prisonnier de cet homme ! Et vous, vous ne pensez qu'à votre pauvre cabane ! »

Sophie s'était levée en prononçant ces derniers mots et, poings serrés, elle conclut :

« J'irai seule si vous ne venez pas ! »

Antoine et Valentin se regardèrent brièvement, puis se levèrent à leur tour. De toute façon, la cabane sans Fabien, ce n'était plus vraiment la cabane...

Ils n'y remirent jamais les pieds.

La place de Fabien resta vide jusqu'à la fin de l'année. Au début, l'espoir de le voir réapparaître un jour devant l'école aidait Sophie à se lever le matin.

Quelque temps plus tard, la famille de Fabien quitta le quartier, scellant l'impossibilité du retour de leur copain. Sophie aurait aimé que la disposition de la classe soit modifiée, mais Mme Benjamin avait levé un sourcil furieux à cette idée et elle s'était liquéfiée face à ce regard où elle lisait sa condamnation. Tous les jours, en pénétrant dans la salle de classe, elle cherchait à faire abstraction du trou béant de cette place vide, incapable de se concentrer sur les paroles de l'institutrice. Le silence hurlait que plus rien ne serait jamais normal. Comment pouvait-on disparaître comme dans un claquement de doigts ? Comme par magie, pensait-elle souvent, ce qui la ramenait à un sentiment de culpabilité qui la traquait jusque dans son sommeil.

Ils avaient parlé du magicien. Avaient montré aux policiers le chemin vers la crypte de l'église, dont la porte ne s'était pas ouverte. Leurs parents avaient réagi comme ils le craignaient, les privant de toute sortie, de tout plaisir. Le poids de leur faute croissait à mesure que les semaines passaient. Rien de ce qu'ils avaient indiqué n'avait permis de faire le moindre progrès dans l'enquête, et tous trois en gardaient une frustration croissante, doublée d'une défiance envers les adultes avec laquelle ils attaquèrent les années collège.

On ne les avait pas mis dans la même classe, cela leur apparut comme une énième trahison, un complot parental, encore une fois. Ce en quoi ils n'avaient pas tort, d'ailleurs. Les adultes s'étaient concertés afin de trouver la meilleure solution pour leur faire passer le cap, comme ils disaient, et n'avaient rien trouvé de plus intelligent que disperser leur groupe, pensant peut-être qu'à l'instar de gallinacés chacun allait oublier l'existence des deux autres en quelques semaines. C'était ce qu'ils avaient conclu, en tout cas, en se retrouvant à la cantine, le premier jour de sixième. Mais rien, décidèrent-ils, ne pourrait les séparer.

« Ce qu'on va faire, déclara Sophie, c'est qu'on va prétendre qu'on ne se voit plus. Qu'on a tourné la page, comme ils le veulent. On invente de nouveaux amis, et on se voit en cachette, d'accord ? »

Antoine et Valentin avaient acquiescé gravement. Antoine y voyait la suite logique de la vie qu'il menait déjà, faite à la fois de compromissions face à la puissance maternelle, et de dissimulation dès que c'était possible, afin de préserver une intimité, un espace dans lequel il pouvait être lui-même. Cet espace qu'il allait soigneusement entretenir pendant toute son adolescence, jusqu'à son départ fracassant.

Sophie avait passé son dernier été avant le collège à prendre de nouvelles résolutions de travail. La fin de l'année scolaire, l'adieu à la « petite école » l'avait libérée d'un grand poids, celui d'avoir tous les jours sous les yeux le décor de son malheur. Chaque recoin des bâtiments évoquait un souvenir avec Fabien, dont l'absence se faisait plus prégnante à mesure que le temps passait, contrairement à ce qu'on lui avait promis. Au collège, elle allait passer son temps à travailler pour prendre la tête de la classe, oublier tout le reste – à part Valentin et Antoine, les seuls avec lesquels elle pouvait évoquer Fabien. Elle allait devenir une « forte en thème », comme disait sa mère, une de ces filles qui ne sortent pas, ne s'amusent pas, ne risquent rien.

Valentin, pour sa part, ne cherchait qu'à avoir la paix. Après les événements de l'année précédente, sa mère l'avait d'abord assigné à résidence dans sa chambre, voulant l'avoir sous la main à tout instant, comme elle le lui avait gravement expliqué. C'était un mélange de punition et de précaution, elle-même oscillant entre un ton dur et une surprotection qu'il trouvait de plus en plus difficile à vivre. Quand il s'en était ouvert à son père, en cinquième, celui-ci avait simplement lâché dans un soupir :

« Écoute, ce n'est pas facile pour elle, tu sais. Comme toutes les mamans, elle a peur que quelque chose arrive à ses enfants. Alors la… disparition de Fabien, ça l'a bouleversée, tu vois…

— Moi aussi », avait répliqué Valentin en espérant que son père allait lui poser des questions.

Mais celui-ci s'était contenté de lui saisir l'épaule, dans un geste qu'il avait voulu chaleureux et qui n'était que maladroit.

« Bien sûr, ce n'est facile pour personne… », avait-il conclu avant de retourner d'un pas lourd vers son bureau.

Valentin était resté planté là, perplexe, hésitant entre l'idée qu'il en demandait trop et celle qu'il devrait cesser de se faire du mouron pour des choses qu'il n'avait aucune chance de maîtriser – les deux n'étant pas incompatibles. Bientôt un afflux d'hormones allait changer ses perspectives sur la vie.

Les années collège avaient passé, lourdes et lentes.

Antoine n'était toujours pas parti. Sarah ne comprenait pas pourquoi il s'éternisait à Paris, sans pour autant lui en faire le reproche. Leur dernière conversation par FaceTime l'avait rassérénée. Pour la première fois – il le lui avait expliqué avec une lueur dans le regard qui ne trompait pas – Antoine parvenait à se projeter dans son futur rôle de père. Elle n'en demandait pas plus, en tout cas pour le moment. Elle ne savait presque rien sur sa famille, mis à part qu'elle se réduisait à sa plus simple expression, et attribuait à cela ses difficultés à l'idée d'en fonder une à son tour.

En mettant un terme à la conversation, Antoine cessa de sourire. Il avait voulu rassurer Sarah pour ne fermer aucune porte, mais l'effort pour paraître convaincu l'avait épuisé. En réalité il était plus indécis que jamais, ce qui pouvait être interprété comme un progrès comparé à sa première réaction, instinctive, de rejet absolu. Sa redécouverte du studio de sa mère, ses retrouvailles avec Pascal l'avaient bouleversé au point qu'il avait annoncé à ce dernier qu'il allait devenir père, ce qu'il s'était entendu dire avec surprise. Qu'il reconnaisse ou non cet enfant, il était indéniable qu'un être humain portant son ADN allait naître. Si froid que cela paraisse formulé ainsi, Antoine y voyait les prémices d'une responsabilité.

Il avait repoussé de quelques jours son retour, il avait encore des choses à régler à Paris. Il devait des explications à Valentin et Sophie non seulement parce qu'il détenait une part de leur histoire dont il les avait privés depuis bien trop longtemps déjà, mais aussi parce qu'ils étaient les derniers témoins de son enfance, des personnes qui le connaissaient depuis plus longtemps que quiconque. Il était parti pour effacer cette histoire, mais se rendait compte, avec cet enfant qui allait naître, que son enfance lui manquait.

Quand il avait quitté la France, à vingt ans, ivre de rage contre sa mère et décidé à tirer un trait sur tout ce qui avait été sa vie jusque-là, il n'avait pas réfléchi à toutes les implications de son geste. Il s'était posté, sac sur le dos, porte d'Orléans, et avait tendu le pouce sans préciser sa destination. Tout ce qu'il savait, c'était qu'il voulait s'éloigner le plus possible de Paris, en direction du sud.

Le premier à s'arrêter fut un garçon à peine plus âgé que lui, qui l'avait déposé à Vierzon, non sans lui transmettre toute sa philosophie de vie en fumant joint sur joint. Ensuite, Antoine avait décidé de marcher un peu afin de se débarrasser de l'envahissement psychique dont il avait été victime. Il voulait être seul et accomplir un effort physique qui lui vide l'esprit. Entre la colère, la tristesse, la frustration, les regrets et les remords, il ne parvenait plus à savoir ce qu'il pensait, ce qu'il ressentait. La vérité le brûlait, occupait tout l'espace de ses pensées. « Le soleil ni la mort ne se peuvent regarder fixement », cette maxime de La Rochefoucauld l'obsédait, revenant en boomerang chaque fois que l'image de Fabien s'imposait. Tout en marchant à travers les bois et les champs, il cria, pleura, maudit le monde entier et sa mère au premier chef. À mesure que le temps passait, il devenait plus sauvage, réticent à l'idée de croiser d'autres humains, et pourtant bien obligé de s'arrêter de temps en temps pour renouveler ses provisions de pain et de fromage. La douceur du printemps lui permettait de dormir dans des abris de fortune, il se faufilait dans les campings pour prendre une douche de temps en temps.

Bientôt, il se retrouva sur le chemin de Saint-Jacques, et remarqua que se prétendre pèlerin lui ouvrait des portes. Il arrivait au bout de ses économies et entama une nouvelle approche de son voyage, proposant ses services contre le gîte et le couvert tout en arborant la coquille. Il se remit à échanger avec ses congénères, goûtant la satisfaction inédite de n'être connu de personne et de s'inventer à mesure qu'il parlait. Sans témoin de son passé, celui-ci lui parut plus léger – ou disons un peu moins lourd. D'étape en étape, il avait échoué en Espagne, avait trouvé un travail pour quelques mois qui lui avait permis de prendre un billet d'avion pour l'Argentine, et avait continué ses pérégrinations aussi longtemps que le séjour prolongé dans un endroit l'amenait à se haïr de nouveau. Il avait besoin de nouveauté, de divertissement, de défis renouvelés qui lui permettent de s'extraire de sa vie et de ne pas penser au passé. Ne surtout pas penser au passé. Être étranger dans un pays offrait un confort, paradoxal, qui lui était devenu indispensable. Il pouvait se permettre d'être excentrique, fantasque, incompréhensible aux yeux de son entourage. D'autant qu'il s'était remis, peu à peu, à dessiner puis à peindre, et l'aura de l'artiste justifiait bien des incongruités.

Les années changent la peine, lui donnent une résonance différente, il l'avait constaté. En acceptant de reprendre contact avec Pascal, il avait reconnu implicitement qu'il pouvait faire face à son ancienne vie, que la morsure brûlante de la douleur avait laissé la place à un poinçon continu mais supportable. Les images de Fabien lui revenaient, leurs jeux quand ils se prenaient pour des superhéros, leur cabane et la magie… Il avait encore du mal avec la magie.

Antoine jeta un œil à sa montre pour constater qu'il avait à peine le temps d'arriver au rendez-vous avec ses anciens amis. Ils avaient insisté pour une nouvelle rencontre, et il s'était rendu compte que cela lui faisait plaisir. Ils devaient se retrouver aux Tuileries, dans un de ces cafés qui avaient ouvert au milieu du jardin. Quand ils étaient enfants, ils avaient l'habitude de venir faire voguer des bateaux sur le bassin, côté Carrousel. S'ils étaient en fonds, ils en louaient un ou deux, sinon ils testaient des rafiots de leur fabrication, qui souvent chaviraient et coulaient au centre du bassin. Le loueur n'était plus là, constata-t-il en passant d'un pas vif. Le jardin, si souvent désert du temps de leur enfance, était envahi par les touristes. Sa végétation semblait plus fournie, et les jeunes feuilles de marronnier qui pointaient apportaient une touche de gaîté. Le café où l'attendait déjà Valentin était largement vitré, et il aperçut son ami la tête penchée sur son téléphone, très concentré. En approchant de la table par-derrière, il discerna sur l'écran les couleurs de Candy Crush.

Valentin sursauta quand il sentit une main sur son épaule. Il s'empressa de poser son téléphone écran contre la table et leva la tête vers Antoine. Il avait encore du mal à se dire que son copain, dont il gardait l'image des vingt ans, cheveux mi-longs ondulés et sourire nonchalant, était cet homme élégant, aux cheveux gris coupés court et à l'allure sportive. Il fallait qu'il se plonge dans ses yeux, qu'il observe la façon dont les coins de sa bouche s'étiraient quand il souriait, creusant une petite fossette, pour le reconnaître vraiment. Machinalement, il s'approcha pour lui faire la bise.

« Sophie est toujours en retard, elle ne va pas tarder », dit-il pour entamer la conversation.

Antoine hocha la tête en souriant et, désignant la direction de la rue de Rivoli, lâcha à brûle-pourpoint :

« Tu te souviens, il y avait les balançoires, par là. Le temps qu'on a pu y passer !

— On avait toujours des tours gratuits quand elle manquait de monde, la dame. On s'amusait tellement, ça lui faisait de la pub, renchérit Valentin.

— J'aurais tellement aimé que le type des petits poneys fasse la même chose… »

Ils restèrent un instant silencieux puis échangèrent un sourire. Le ton de leur conversation était encore un peu forcé. Pour faire renaître leur connivence ancienne, relancer la machine, ils avaient besoin de surjouer un peu, comme on met le starter dans une voiture pour encourager le moteur.

Tout en parlant, Antoine constata que la familiarité revenait. Valentin avait toujours un sourire aux lèvres, plus ou moins convaincu. Quand il sentait que les situations se tendaient, il accentuait sa bonne humeur pour tenter de contrebalancer. Au lycée, il avait laissé pousser ses cheveux – seul acte de rébellion qu'il pouvait assumer – et avait pris l'habitude de les rejeter en arrière d'un double mouvement de tête, dont il restait une trace dans sa façon de repousser sa mèche maintenant courte. De blonds, ses cheveux étaient en passe de devenir blancs dans une transition discrète qui ne changeait pas radicalement sa physionomie.

Le lycée… Antoine en gardait un souvenir mitigé, oscillant entre le soulagement d'être sorti d'un collège où on les traitait vraiment comme des enfants et la frustration d'être toujours contraint par des règles dont il ne voyait pas l'utilité. Certes, on ne leur demandait plus d'avoir des cahiers de tel ou tel type, mais il fallait encore apporter des preuves de son travail, faire signer par les parents des papiers toujours plus nombreux. Antoine aurait voulu que, comme dans sa vie familiale, l'autonomie prédomine. Chez lui, il était prié de se débrouiller pour faire les courses, cuisiner, laver ses vêtements, le tout en laissant le moins de traces possible de son existence, mais à l'extérieur sa mère prétendait toujours remplir son rôle avec abnégation. Leurs relations étaient de plus en plus tendues, Pascal faisant souvent office de médiateur. S'il prenait la défense d'Antoine, il modérait aussi ses colères, tentant de faire valoir le point de vue maternel. Ce n'était pas toujours une sinécure, mais Antoine comprenait qu'il le faisait dans un dessein d'apaisement et ne lui en voulait pas. Il passait beaucoup de temps chez lui, ayant trouvé le prétexte de cours de soutien en mathématiques pour échapper au studio et à la mauvaise humeur maternelle. Dès la seconde, il avait couru les petits boulots dont il espérait, à terme, tirer assez d'argent pour se payer sa propre chambre de bonne.

« Salut les gars ! »

Le ton enjoué de Sophie les tira de leurs évocations. Elle était un peu trop maquillée, remarqua Antoine. D'une manière générale, il trouvait son amie un peu trop « adulte » dans ses tailleurs stricts et son allure de femme d'affaires. Elle semblait presque déguisée, ou en tout cas cachée par des vêtements et une gestuelle qui ne lui ressemblaient pas. Mais pouvait-il réellement estimer que la Sophie côtoyée entre six et vingt ans était la « vraie », contrairement à celle dont elle donnait l'image aujourd'hui ?

Sophie se lança dans un récit enjoué des péripéties qui expliquaient son retard – talon cassé dans l'escalier du métro, retour chez elle, oubli des clés – afin de dissimuler son embarras. Chaque fois qu'elle se trouvait en présence d'Antoine, depuis sa réapparition, grandissait en elle un élan qu'elle avait masqué toute son adolescence. Enfants, il n'y avait pas de place pour des amourettes dans leur quatuor. Ils étaient les Fantastiques et défendaient la justice. Si certains de leurs condisciples échangeaient des bisous derrière les coffres du préau, eux se sentaient bien loin de ces préoccupations. Sur une autre planète.

L'adolescence n'avait pas fait bouger les lignes. Comme si un pacte les liait, stipulant que l'amour n'avait rien à faire dans leur amitié, risquant de la faire voler en éclats. Ils avaient déjà perdu l'un des leurs et consacraient une énergie farouche à protéger leur relation. L'année de leur seconde, tout avait changé pour Sophie. Elle avait soudain senti une douce chaleur l'envahir en présence d'Antoine. Elle ne souhaitait rien plus ardemment que son regard sur elle, que ses rires quand elle faisait une plaisanterie, que son admiration devant ses bonnes notes. Elle le sentait préoccupé et l'incitait à s'ouvrir à elle. Mais sans jamais rien manifester qui puisse laisser deviner ses sentiments. Elle ne pouvait pas briser le tabou instauré dans leur enfance. Elle avait fini par jeter son dévolu sur un autre garçon, qui ressemblait vaguement à Antoine, jouant la comédie de l'amour fou pour parvenir à y croire. Elle avait ainsi entamé une errance amoureuse qui la laissait, à plus de cinquante ans, éternelle célibataire n'ayant « rien construit », comme le lui reprochait sans relâche sa mère.

Si elle avait été sensible pendant longtemps à ce jugement, ces dernières années avaient vu son point de vue changer radicalement. Spectatrice des déboires des autres, elle avait relativisé les siens. Les couples s'étaient séparés, souvent au prix de conflits réglés dans la douleur, les enfants avaient grandi, étaient devenus des adolescents égoïstes et des adultes ingrats, proportionnellement à l'attention excessive dont ils avaient été les objets toute leur enfance, les carrières avaient été brisées par un chômage prétexte à un traitement de plus en plus dur des salariés. Elle ne s'en sortait pas si mal. Même si parfois elle en ressentait une légère culpabilité – reste de son éducation catholique –, avoir la preuve que ses choix de vie, outre le confort qu'ils lui avaient apporté, se révélaient payants la remplissait d'un contentement aussi doux qu'un caramel au beurre salé. Voilà le mantra qu'elle se répétait lorsque, seule dans l'appartement qu'elle avait pu acheter, elle sentait poindre les regrets.

Antoine ne s'était jamais intéressé à elle, contrairement à Valentin. Mais elle ne pouvait considérer Valentin autrement que comme l'ami idéal, toujours là, à l'écoute, drôle et généralement du même avis qu'elle. Alors elle avait ignoré sciemment les signaux. Valentin s'était fait une raison, peu à peu. Elle gardait de leurs deux dernières années cette image de Valentin la regardant, une expression niaise sur le visage, tandis qu'elle-même ne pouvait quitter Antoine des yeux, ce dernier le regard toujours perdu vers les nuages.

Histoire éternelle.

« Tu as décidé de prolonger ton séjour ? »

Valentin avait l'art de mettre les pieds dans le plat, et Sophie l'aimait aussi pour cela, parce que ça la dispensait de le faire elle-même.

« De quelques jours. Je sens que je n'ai pas fini tout ce que je devais faire, répliqua Antoine.

— Tu parles comme si tu préparais un mauvais coup !

— Quel homme mystérieux », renchérit Sophie.

Antoine ne releva pas, absorbé par ce qu'il s'apprêtait à leur révéler et hésitant sur les mots à employer. Il devait se lancer, absolument. Sinon il serait obligé de fuir encore, et il n'en avait plus envie. Mais comment faire ? Les années avaient enkysté son attitude. Il savait depuis le début qu'il aurait dû les appeler, les prévenir, dans les premiers mois. Plus le temps avait passé, plus il lui était difficile de revenir vers eux. En réalité, au lieu de partir sur les routes, il aurait dû aller sonner chez Valentin ou chez Sophie, chercher le réconfort et partager ce qu'il venait d'apprendre. Il l'avait envisagé pendant le moment qu'il avait passé au fond de la salle, rue des Canettes, Chez Georges. Il avait visualisé la scène et en avait été dissuadé.

Le père de Sophie était plongé dans *Le Monde* de manière tellement systématique que c'en était oppressant – quel plaisir cet homme trouvait-il dans son foyer ? –, tandis que sa mère l'accablait de questions chaque fois qu'il venait chercher Sophie. Comment se déroulaient ses études, quelles perspectives d'avenir il voyait, s'il comptait trouver un travail d'étudiant pour l'été suivant… Il ne se voyait pas sonner chez eux et subir cela, d'autant que rester seuls dans la chambre de Sophie était généralement impossible, sauf si Valentin était là lui aussi. Cela faisait d'ailleurs beaucoup rire Sophie. « Elle préfère me voir avec deux garçons qu'un seul ! Ah ben bien sûr, c'est plus convenable ! »

Chez Valentin, c'était un autre son de cloche. Il savait que son statut d'enfant de mère célibataire déplaisait fortement et chaque passage lui rappelait le mépris dans lequel il était tenu. Valentin, il le savait pertinemment et ne lui en voulait pas, déployait d'ailleurs toutes les excuses possibles pour éviter de le faire venir chez lui.

Il aurait pu les appeler et leur demander de le retrouver là, dans l'arrière-salle du café, à l'abri des regards. Il avait failli le faire. Puis il avait commencé à chercher les mots suivants, ceux par lesquels il leur apprendrait ce qu'il avait découvert. Les larmes avaient empli ses yeux. Il était incapable de se faire le messager d'une telle nouvelle. Et il devrait leur expliquer tout le reste... Quand le serveur lui avait demandé s'il allait bien, il s'était levé d'un bond et avait fui.

Il y a quelque chose que je ne vous ai jamais dit. Je dois vous dire quelque chose. Je vais vous expliquer pourquoi je suis parti. Je vous dois des explications... Antoine tournait les formules dans sa tête, mais aucune ne voulait franchir ses lèvres.

« Fabien est mort. »

Les lèvres de Sophie et de Valentin s'affaissèrent et leurs sourcils se froncèrent dans un parallélisme de mouvement saisissant.

« Nous le savons depuis longtemps, lâcha Sophie. Enfin, c'est évident, je veux dire... »

Valentin hocha la tête, perplexe. Pourquoi revenir là-dessus maintenant ? Ils en avaient tellement parlé, pendant leur adolescence. Passé deux années de silence, ils avaient entamé un cycle de questionnements qui avait failli les rendre fous – ou en tout cas le rendre fou lui, que l'incertitude faisait vaciller. Ils avaient repris toutes les hypothèses une par une, et creusé en particulier la piste du magicien. Trouver son nom. Les raisons pour lesquelles il pouvait accéder à la crypte de l'église. « R » et « H », deux lettres dessinées par le jeu de cartes, les noires sur les rouges. Les Soirées fantastiques. Les quelques tours auxquels ils avaient assisté. Tout cela les avait menés vers Robert Houdin. La référence de tous les magiciens. Mais une fois arrivés là, ils avaient buté sur le silence de ceux qui auraient pu avoir des réponses, ceux qui gravitaient autour de l'église. On n'avait pas voulu répondre à leurs questions, arguant que la police savait déjà tout, qu'on avait fourni toutes les preuves qu'on ne pouvait pas être impliqué dans cette affaire. Puis on avait menacé de porter plainte si les adolescents s'obstinaient à importuner.

« C'est pour ça que je suis parti… »

Sophie soupira et Valentin se cala sur sa chaise.

« Je n'ai pas pu supporter… »

Antoine se tut, accablé par son incapacité à s'exprimer. Les mots n'avaient jamais été son fort, il ne s'était pas tourné vers le dessin pour rien.

« Tu n'as pas pu supporter dix ans après ? intervint Sophie avec une certaine agressivité. Excuse-moi, mais c'est un peu n'importe quoi. Tu nous as laissés en plan, tu n'as jamais donné la moindre nouvelle parce que tu as enfin compris qu'il était arrivé quelque chose à notre copain ? Est-ce que tu te rends bien compte de ce que tu as fait ? Parce que moi, je vais te le dire très clairement ! »

Valentin était sidéré par la véhémence soudaine de Sophie. Il la savait un peu vive parfois, mais elle avait toujours trouvé toutes les excuses à Antoine, dans une sorte de réflexe de protection qu'il avait accepté. Là, ses yeux flamboyaient de colère et elle agrippait la table à deux mains comme pour se retenir de sauter à la gorge d'Antoine.

« J'ai laissé message sur message chez toi, jusqu'à ce que ta mère me signifie sèchement qu'elle n'avait pas de nouvelles et que je devais cesser d'appeler. Alors je me suis postée près de la porte de l'immeuble une journée entière pour en avoir le cœur net. Mais tu n'étais pas là. J'ai téléphoné à tous ceux qui auraient pu être en contact avec toi. J'ai joint ensuite tous les hôpitaux de

Paris, les commissariats, j'ai épluché les faits divers, je ne savais plus dans quelle direction me tourner… »

Sophie s'interrompit, à bout de souffle. Elle avait lâché ces dernières phrases sans reprendre sa respiration et bouillait littéralement. Ce qu'elle aurait voulu lui dire, aussi, c'était ce sentiment d'abandon insupportable qu'elle avait ressenti, et de trahison. Le silence était plus violent que n'importe quelle explication, et elle le considérait comme une cruauté suprême. Comment agir de la sorte envers des gens que l'on prétend aimer ? Quel mépris cela supposait-il ? Quelle méchanceté fondamentale ? Tous ces sentiments qui l'avaient agitée avec une force insupportable dans les mois qui avaient suivi la disparition d'Antoine revenaient maintenant avec la même intensité. Qu'il ne soit pas amoureux d'elle, elle l'avait peu à peu intégré, accepté, sans que cela entame l'affection qu'elle lui portait. Mais replacer ses amis dans la situation qu'ils avaient vécue ensemble dix ans auparavant, dans ce deuil impossible parce que sans mots ?

« Il s'est suicidé, l'interrompit Antoine.

— Qu'est-ce que tu racontes ? Comment tu le sais ? Qu'est-ce que c'est que cette histoire ? »

Valentin posa une main sur le bras de Sophie pour lui enjoindre de l'écouter, mais elle se dégagea d'un geste vif en le foudroyant du regard et se leva d'un bond.

« Tu as intérêt à t'expliquer ! lança-t-elle, parce que sinon, tu ne me reverras jamais !

— Je suis resté pour ça. Pour vous expliquer… Je sais que je vous le dois. Je n'en étais pas capable… Je…

— On t'écoute, intervint Valentin. On va reprendre un verre et tu vas tout nous dire, OK ? Ça fait trente ans que tu es parti, on va réussir à faire ça dans le calme, non ? » ajouta-t-il en se tournant vers Sophie.

Celle-ci inspira par le nez en hochant la tête, en plein effort pour reprendre le contrôle de sa respiration et de son humeur.

« Voilà, en fait, c'est ma mère. Elle… Quand on était petits, elle travaillait pour le père de Fabien. Elle était indépendante, vous vous souvenez ? Et un de ses contrats concernait la maison d'édition du père de Fabien, elle s'occupait du lancement d'un bouquin pour enfants. Bref, elle était en affaires avec lui. Quelque temps après la disparition de Fabien, sa famille a déménagé, vous vous en souvenez aussi ? »

Sophie et Valentin hochèrent la tête sans un mot. Antoine but une gorgée de vin et reprit :

« Ce qui a suscité leur départ, c'est la découverte du corps de Fabien, dans une cave abandonnée de leur immeuble. Il y a eu une autopsie, qui a conclu au suicide.

— Mais pourquoi… ? »

Sophie laissa mourir la fin de sa phrase.

« Ma mère l'a appris de la bouche même du père de Fabien. Ils ont quitté Paris dans la foulée, sans prévenir personne d'autre.

— Et ta mère n'a rien dit. »

Valentin ne mit pas d'intonation interrogative, par pudeur et pour ménager Antoine qu'il sentait au bord des larmes.

« Ma mère n'a rien dit, effectivement. Jusqu'à ce jour, quand j'avais vingt ans, où nous nous sommes disputés une fois de plus. Elle me reprochait, comme d'habitude, de ne pas prendre assez soin d'elle, de ne pas la payer en retour pour tout ce qu'elle m'avait donné. Évidemment, c'était le genre de choses qui me rendaient fou. Elle savait exactement comment me faire sortir de mes gonds pour ensuite me reprocher mon agressivité et ma violence.

« Ce jour-là, j'avais réussi à ne pas tomber dans son piège. Je suis resté calme, je lui ai parlé posément en dressant la liste de ses manquements. À un moment donné, elle a cessé ses récriminations et a changé de thème. Quelque chose du genre : "Tu te crois très fort, hein, mais tu n'as pas su sauver son copain, pourtant."

— Quoi ? s'exclama Sophie. Tu veux dire… ?

— Exactement. Elle m'a reproché la mort de Fabien, son suicide, tout en me l'apprenant. Dix ans plus tard. Elle me l'a jeté à la figure avec un petit air triomphant qui m'a rendu fou. "Tu le savais ? Tu le savais et tu ne m'as rien dit ?" J'étais hors de moi. Elle a répliqué : "Bien sûr que je le savais" et j'ai explosé. J'ai commencé par casser toute la vaisselle qui se trouvait sur le bar, et puis j'ai attrapé un sac pour y mettre mes affaires, aveuglé par la rage, avec une énergie que je faisais tout pour ne pas retourner contre elle. J'aurais pu la frapper. Je me suis contenté de claquer la porte de toutes mes forces pour ne pas entendre ses derniers mots : "Ne joue pas la comédie de l'amitié alors que tu n'as même pas pu comprendre Fabien." »

Antoine plongea son visage dans ses mains et se frotta les yeux. Quand il les rouvrit, ils étaient pleins de larmes.

« Je suis parti, je ne lui ai plus jamais parlé. Je… J'aurais dû aller vers vous, mais je n'en ai pas été capable.

— Pourquoi ? demanda Sophie d'une voix maintenant sourde.

— Je m'en voulais tellement… Elle avait raison, je n'ai pas pu le sauver. C'était ma faute…

— Qu'est-ce que tu racontes ? Pourquoi ta faute plus que la nôtre ? Nous n'avons pas plus compris… »

Valentin s'interrompit. Puis reprit.

« Je n'en reviens pas. Comment ? Ce n'était tellement pas son genre de faire une chose pareille… Et pourquoi ? Ça allait plutôt bien, il était heureux…

— Faut croire que non, intervint Sophie. Faut croire que non et on n'a rien vu, effectivement.

— Vous ne savez pas tout. »

La voix tremblante, Antoine leur raconta les week-ends dans un souffle. Sa faute. Sa très grande faute. Cette culpabilité qui le hantait depuis ses dix ans, et encore plus depuis que sa mère la lui avait jetée au visage. En prononçant les derniers mots de sa confession, il sentit un grand vide l'envahir. Pas de soulagement, non. Juste une vacuité. Une terrible vacuité dans laquelle se mit à résonner le silence de ses amis. Une éternité qui ne dura que quelques instants, avant qu'il sente deux bras autour de ses épaules et qu'il laisse les sanglots le secouer.

Ils restèrent ensemble tout l'après-midi. Et la soirée. Envahis par la mort de Fabien maintenant certaine. Revisitant leurs dix ans encore et encore, pour y traquer la moindre trace de piste. Pourquoi se suicide-t-on alors qu'on a encore des dents de lait ? Son père, martelait Antoine. Son père, dont le comportement, ils en convenaient tous trois, était cruel. Pervers, disait Sophie qui avait lu des livres de psychologie.

« Et si c'était en fait un meurtre déguisé en suicide ? avança Valentin alors qu'ils avaient trouvé refuge dans un bistro de Saint-Michel.

— J'imagine que la police a enquêté, répliqua Sophie. Et pourquoi un meurtre ?

— Le magicien... C'est quand même curieux de s'approcher d'enfants comme il l'a fait. »

Antoine soupira. Cette piste avait été fouillée et refouillée, sitôt qu'ils avaient mentionné l'existence de ce drôle de type.

« Ils auraient trouvé quelque chose... Non, s'il y a eu meurtre, c'est son père.

— Tu crois qu'il aurait fait ça ?

— Il était violent, on s'en doutait. Et même, on le savait. Peut-être qu'il est allé trop loin...

— Sa famille aurait parlé, intervint Sophie. Au moins plus tard. Il avait ses frères. Ils auraient fini par dire quelque chose.

— Ils n'ont peut-être rien vu. Ils n'ont sûrement rien vu ; sinon, effectivement, cela aurait fini par se savoir. »

Antoine, à cette dernière phrase de Valentin, eut une fulgurance.

« On pourrait essayer de faire des recherches dans les faits divers. Vérifier tout ça. La mort d'un enfant, c'est un sujet...

— S'il y avait eu de la presse, cela serait revenu à nos oreilles, forcément, objecta Sophie. Quelqu'un de l'école l'aurait entendu chez lui et ça aurait fait le tour de la cour de récré à vitesse grand V.

— On peut déjà vérifier la date de sa mort, proposa Valentin en saisissant son portable. Je vais voir si c'est possible… Voilà, il suffit de contacter la mairie de sa commune de naissance. Vous vous souvenez où il est né ? »

Antoine et Sophie eurent une moue dubitative.

« Paris ? C'est le plus plausible, lâcha finalement Sophie. Il était déjà là en maternelle.

— Bon, je vais contacter les mairies des arrondissements où il y a des maternités. Vous vous souvenez de la naissance de son petit frère ? On était en onzième… »

Valentin tritura sa mémoire. Il avait été marqué par la naissance du frère de Fabien parce que en avoir un lui aussi était son rêve, à l'époque, pour faire nombre face à ses sœurs.

« Ce n'était pas très loin de chez nous, il me semble. Bon, je vais chercher », conclut-il.

Ils se quittèrent tard dans la nuit, se promettant de se retrouver dès le lendemain.

Antoine, incapable de dormir plus de quatre heures d'affilée, assista au lever du soleil sur les toits avant de descendre boire un café. Il se sentait épuisé, comme s'il avait participé à un marathon la veille. Le soulagement de ses aveux était peu à peu remplacé par un sentiment d'absurdité globale contre lequel il luttait de toutes ses forces, car il savait, pour en être familier, qu'il risquait de l'entraîner vers des abysses de désespoir. Il vivait avec le poids de sa fuite depuis si longtemps qu'en être libéré, ce qui lui avait longtemps semblé relever de l'impossible, lui faisait toucher du doigt la futilité de ce qui le hantait depuis toutes ces années. Quoi, il suffisait de quelques mots ? C'était aussi simple que cela, finalement ?

La mort de sa mère renforçait ce sentiment de futilité de toute chose. Elle rendait toute réconciliation impossible, bien sûr, mais, la stupeur passée, Antoine s'était rendu compte que cela n'avait aucune importance. Il s'était résolu, en quittant Paris, à ne plus avoir de mère, et cette mort ne faisait qu'entériner cet état de fait.

En fouillant dans les papiers, en triant les dossiers, il avait espéré découvrir un indice sur l'identité de son géniteur. Il n'utilisait plus le terme de « père » depuis longtemps. Là encore, la parole de sa mère étant constamment sujette à caution, il avait cessé de compter sur elle depuis son adolescence. Son nouveau choix, c'était le test ADN qu'il était tenté de faire, sans avoir encore pris de décision. Cela n'indiquerait pas une personne, bien sûr, sauf coïncidence exceptionnelle, mais lui fournirait des indications, une teinte de ses origines, un arrière-plan qui l'affermirait. Il avait envie de se raconter une histoire plus ancrée dans la réalité que celles qu'il inventait depuis toujours. Même s'il avait parcouru le monde en se disant chaque fois qu'il découvrait une nouvelle culture que c'était peut-être celle de ses origines, ravi par ces possibles sans cesse renouvelés, il s'était lassé de ce jeu et était maintenant tenté par les certitudes. Ou du moins des commencements de certitudes.

Pour l'aider à lutter contre la vacuité.

Derrière la vitre du bistro, il observait le ballet des passants, pressés ou flânant, épanouis, soucieux, tristes, en colère ou juste absorbés par leur téléphone, indifférents au monde. Trop de monde dans trop peu d'espace. La ville l'oppressait. Depuis quelque temps, il avait sans cesse l'impression de reconnaître des gens dans la foule. Les visages attiraient son attention parce qu'il y voyait les traits de telle ou telle de ses connaissances, ce qui lui donnait parfois le sentiment d'avoir trop vécu.

Puis une poussette s'arrêta devant la vitre, et l'enfant planta ses yeux dans les siens. Un regard sérieux et doux. Antoine lui sourit machinalement, pour qu'en miroir le petit homme se déride. Son expression changea, se fit curieuse, et finalement le garçonnet esquissa un sourire avant que le feu passé au rouge le laisse reprendre sa route. Les enfants donnaient un sens à la vie, combien de fois il avait entendu cette phrase qui lui faisait froid dans le dos. Une telle responsabilité pour un petit bout à peine né ! Il ne voulait pour rien au monde devenir un de ces parents qui comptent sur leur enfant pour les distraire, leur donner un but et une raison de vivre. Et qui se rendent compte au bout d'un moment que ce n'est pas si simple et se détournent de leur progéniture, voire lui en veulent inconsciemment d'avoir contraint leur vie. Serait-il capable de ne pas être comme les autres ? Peut-être. Peut-être devrait-il au moins essayer, puisque son enfant allait naître, quoi qu'il décide ?

La sonnerie de son téléphone le tira de ses réflexions. Il hésita à répondre, puis décrocha. Il écouta, lâchant deux « Mmm », puis conclut par un laconique : « J'arrive. »

8 septembre 1970-12 mars 1981.

Rien de plus. Pas d'épitaphe, pas de photo en médaillon sur une pierre grise. Le nom de Fabien, et ce carré d'herbes folles.

Et tous les trois, plantés devant.

Sophie pressait ses bras contre sa poitrine, dans un geste pour maintenir son foulard serré autour de son cou. Les épaules contractées, elle luttait contre le froid qui l'envahissait.

Valentin avait les mains dans les poches de son imperméable, poings fermés. Il rejetait de temps en temps sa mèche sur le côté.

Antoine, accroupi, touchait de sa paume le béton glacé en fixant le nom de son ami.

Au bout d'un long moment, il se releva et se tourna vers ses amis.

« Allons-y, si vous voulez... »

Les deux autres acquiescèrent.

Ils traversèrent le cimetière à pas lents pour retrouver la sortie de la rue de la Réunion et l'agitation de la rue de Bagnolet. Il leur sembla, en franchissant les portes, que la température remontait de quelques degrés.

Installés au *Quartier Rouge*, ils commandèrent des crèmes pour se réchauffer.

Valentin se pencha sur son téléphone avant de déclarer gravement :

« Le 12 mars, c'était un jeudi.

— Il a disparu le week-end précédent..., enchaîna Sophie sans finir sa phrase.

— Si on se questionne trop sur le déroulement des choses, intervint Antoine, on va devenir fous. »

Le silence retomba.

Valentin, grâce à Internet, n'avait pas mis longtemps à trouver la confirmation de la mort de Fabien. Il s'était alors rendu à la mairie du VIIe et avait appris qu'il était enterré au Père-Lachaise. Au cimetière, on avait été en mesure de leur indiquer l'emplacement de la sépulture. Il était encore sous le choc de la découverte de la tombe. Et abasourdi qu'il ait fallu plus de quarante ans pour qu'ils accèdent à la vérité. Depuis le début, il s'était persuadé que son copain avait fui avec le magicien. C'était le plus logique à ses yeux – et le plus réconfortant. Ils étaient partis faire une tournée à travers le monde, Fabien avait trouvé son mentor, comme Rémi avec Vitalis. Mais sans la misère. Valentin avait gardé son explication pour lui, échaudé par les rebuffades de sa mère. Quand Sophie avait insisté pour qu'ils révèlent l'existence du magicien, il savait que ce n'était pas une bonne idée. Qu'est-ce qu'ils pouvaient y comprendre, ces adultes, à la magie ? Même maintenant, adulte, il restait sur cette position. Lui ne se sentait pas réellement adulte, pas comme ses parents l'avaient été. Il commença à se demander pourquoi il ne parvenait pas à incarner le rôle. Peut-être parce qu'il n'avait jamais voulu se prendre au sérieux ? Ce qui était sûr, c'était qu'il avait gardé cette aversion pour tout ce qui représentait la maturité aux yeux de ceux qui l'avaient élevé. Par exemple cette façon, quand il était petit, de ne jamais répondre à ses questions sous prétexte qu'il « comprendrait quand il serait grand ». Et puis, d'un coup, des confidences violentes sur leurs déboires conjugaux, sur les manquements de son père, sur leurs problèmes d'argent, sur leurs rêves détruits.

Il avait tout refusé en bloc. Sa mère, pendant toute son adolescence, se lamentait et tempêtait alternativement en clamant que rien ne lui « mettrait du plomb dans la tête ». Il lui avait proposé la chevrotine, un jour où il n'avait pas eu le courage de faire le dos rond, et avait reçu en retour une gifle magistrale. « On ne peut pas rire de tout ! » avait commenté sa mère, débat dans lequel il avait décidé de ne pas se lancer avec elle, elle ne le méritait pas.

« Vous prenez autre chose ? demanda Sophie pour sortir Antoine et Valentin de leurs réflexions.

— Je passerais bien à un truc plus fort, lâcha Antoine. Un verre de rouge.

— Moi aussi.

— On va prendre une bouteille, trancha Sophie, et des planches. »

L'alcool ne les rendit pas beaucoup plus diserts, mais ce silence ne pesait plus. Antoine se sentait bien en compagnie de ses amis retrouvés.

Une phrase de Sophie tournait en boucle dans sa tête. « Je ne sais pas comment on fait de bons parents, avait-elle dit sur la tombe de Fabien, mais je sais ce que sont des mauvais ! » Il avait hoché la tête, profondément touché. À mesure qu'il y pensait, il sentait une assurance neuve l'envahir. Oui, il savait lui aussi de quelles manières des parents pouvaient être mauvais, il était capable de le détecter avec finesse, même. Mais la certitude qui montait en lui depuis un moment, c'était qu'il saurait comment faire pour ne pas devenir un mauvais père. Et ça, finalement, ça lui suffisait.

« Je ne vous ai pas dit, se décida-t-il à lancer, mais je vais avoir un enfant.

— Oh là là, c'est pas vrai ! s'exclama Sophie. Félicitations ! »

Elle avait conscience de surjouer un peu, mais l'annonce, dans ces circonstances, la surprenait tellement qu'elle se raccrochait à des phrases convenues pour ne pas risquer de faire un faux pas.

« C'est pour quand ?

— Dans cinq mois. »

Valentin posa gravement une main sur l'épaule d'Antoine.

« Bienvenue au club. »

Il ne savait pas s'il fallait se réjouir pour son ami, mais, dans le doute, il se mit à sourire.

« Je sais que c'est bizarre de vous dire ça maintenant… Mais être là avec vous, et Fabien… Vous savez enfin ce qui s'est passé, je… C'est un peu comme si quelque chose se terminait. »

Les deux autres opinèrent du chef.

« La Torche n'est plus avec nous, mais on est de nouveau les Fantastiques, non ? dit Valentin en levant son verre.

— Aux Fantastiques, acquiesça Antoine.

— Aux Fantastiques », confirma Sophie.

Ils trinquèrent avec la gravité des enfants plongés dans leur jeu de rôle.

L'homme se perdit dans le dédale des rues de la vieille ville. Il n'aimait rien tant que découvrir de nouveaux endroits, ce qui lui arrivait de plus en plus rarement. Il avait tant voyagé, pour ses tournées… Partout, sauf dans son propre pays. Il le fuyait comme il fuyait tout ce qui pouvait lui rappeler son enfance et son adolescence. Il avait rompu avec ses origines, avec sa famille, avec tout ce qui constituait sa vie avant dix-huit ans, âge auquel il avait enfin pu accéder à la liberté. Il avait préparé son départ de longue date, déterminant de quoi il aurait besoin, économisant franc après franc pour se constituer une cagnotte dont personne ne soupçonnait l'existence. Il était parti le premier matin de sa majorité, après onze années de dissimulation. Chez lui, passé sept ans, on ne fêtait plus les anniversaires. Il avait fermé la porte sans embrasser sa mère.

Dans l'air du matin, les senteurs embaumaient encore. Elles seraient écrasées par la chaleur qui ne tarderait pas à monter, avant de s'épanouir à nouveau pendant la nuit. Il marchait d'un pas vif, comme il l'aimait, autant pour profiter de la douceur que pour échauffer son corps, son principal outil de travail. C'était sa routine matinale depuis plus de trente ans. Le soir même, le théâtre de la ville allait accueillir son spectacle, pour une représentation unique. Puis il partirait ailleurs – autre ville, autre pays, il ne se préoccupait pas de cela, on le faisait pour lui.

Aujourd'hui était un jour spécial. Celui de la mort de son frère. Il refusait cependant de changer ses habitudes, n'ayant jamais considéré qu'un jour plus qu'un autre devait porter sa peine. Elle était immense, indicible, irréductible. Elle l'accompagnait tous les jours, et tous les jours il l'examinait un peu, de manière qu'elle ne surgisse pas d'un coup, parce que trop longtemps ignorée. Son frère mort avant d'avoir fêté son onzième anniversaire, seul, dans une cave. C'était là qu'on l'avait retrouvé, longtemps après qu'il avait passé autour de son cou la corde qu'il avait choisie pour en finir.

Ils avaient dit qu'il avait décidé de sa mort, mais lui savait qu'un enfant ne décide pas de mourir de lui-même, il y est conduit par l'abandon des adultes. Par leur trahison. Il n'avait plus prononcé un mot pendant un an, enfermé dans un mutisme qu'il était incapable de quitter. Ni les coups de son père ni les pleurs de sa mère n'y avaient rien changé. Dans la nouvelle ville où ils étaient partis juste après l'enterrement de son frère, on ne les connaissait pas. Ses parents n'avaient gardé de lien avec personne. Ils avaient vécu là en cercle fermé.

Lorsqu'il avait trouvé le jeu de cartes – caché dans un livre dont l'intérieur avait été découpé –, avec les dessins, les balles de mousse et l'article sur Robert Houdin tiré d'une encyclopédie, il avait pris sa décision. Il savait que leur père avait interdit à son frère de continuer « ces bêtises », il se souvenait des phrases cruelles qui avaient ponctué les coups, de la sape méthodique qui avait atteint ce jour-là son paroxysme. Il n'avait rien dit. Rien fait. Bien sûr, il *n'avait que sept ans. Mais il aurait pu rejoindre son frère dans son lit pour essuyer ses larmes. Il aurait pu lui communiquer un peu de chaleur. Il avait eu trop peur. Leur père l'avait interdit.*

Le moment où il s'était remis à parler avait coïncidé avec celui où il avait commencé les manipulations. D'abord avec des pièces, parce qu'il avait lu que c'était une routine de base des magiciens. L'empalmage. La restitution. Puis il avait attaqué les cartes. Toujours seul dans sa chambre. Pendant des années. Il avait répété les mêmes gestes pendant des heures, jusqu'à les reproduire les yeux fermés dans une fluidité de mouvements qui avait tellement impressionné le maître à qui il s'était adressé, une fois majeur, que celui-ci l'avait pris sous son aile immédiatement. À partir de ce moment-là, il était passé aux autres aspects de la magie. Il voulait tout maîtriser, tout comprendre, être capable de tout faire. Et il y était parvenu.

Il était temps de rentrer à l'hôtel. Sa pratique nécessitait un entraînement quotidien, qu'il effectuait avec un plaisir quasi religieux. C'était devenu une sorte de méditation, de discipline qui empêchait ses pensées de devenir folles, incontrôlables. Ses pensées auxquelles il fallait fournir des objets pour éviter qu'elles prennent le mors et se concentrent sur les sujets qui lui faisaient perdre pied, les angoisses qui peuplaient les recoins sombres de son cerveau.

Ce soir, il allait éblouir, surprendre, estomaquer, charmer et envoûter, recevoir les applaudissements et s'en nourrir. Demain, ils se seraient envolés, et il faudrait aller en chercher d'autres, ailleurs. Cela ne s'arrêtait jamais.

Photocomposition PCA, 44400 Rezé

Achevé d'imprimer en avril 2024
par CPI BUSSIÈRE (18200 Saint-Amand-Montrond)
pour le compte des Éditions Calmann-Lévy
21, rue du Montparnasse, 75006 Paris

PAPIER CERTIFIÉ

CALMANN LÉVY s'engage
pour l'environnement en réduisant
l'empreinte carbone de ses livres.
Celle de cet exemplaire est de :
650 g éq. CO_2
Rendez-vous sur
www.calmann-levy-durable.fr

N° d'éditeur : 1042327/01
N° d'imprimeur : 2077620
Dépôt légal : mai 2024
Imprimé en France.